中国作家同题散文精选

天山行色 河流的秘密

山河湖海 卷

汪曾祺 苏童 等 著

人民文学出版社

图书在版编目(CIP)数据

天山行色　河流的秘密：山河湖海卷/汪曾祺等著
. —北京：人民文学出版社，2022(2024.5 重印)
（中国作家同题散文精选）
ISBN 978-7-02-017138-5

Ⅰ．①天…　Ⅱ．①汪…　Ⅲ．①散文集-中国-当代 ②
散文集-中国-现代　Ⅳ．①I266

中国版本图书馆 CIP 数据核字(2022)第 075113 号

责任编辑　卜艳冰　邱小群　刘佳俊
封面设计　李苗苗

出版发行　人民文学出版社
社　　址　北京市朝内大街 166 号
邮政编码　100705

印　　刷　上海盛通时代印刷有限公司
经　　销　全国新华书店等

字　　数　145 千字
开　　本　890 毫米×1240 毫米　1/32
印　　张　6.75
版　　次　2022 年 9 月北京第 1 版
印　　次　2024 年 5 月第 3 次印刷

书　　号　978-7-02-017138-5
定　　价　39.00 元

如有印装质量问题，请与本社图书销售中心调换。电话:010-65233595

编辑例言

中国素来是散文大国，历代文章，传诵不绝。而至现代，散文再度勃兴，名篇佳作，亦不胜枚举。散文一体，论者尽有不同解释，但涉及风格之丰富多样，语言之精湛凝练，名家又皆首肯之。因此，在时下"图像时代"或曰"速食文化"的阅读气氛中，重读经典散文，便又有了感受母语魅力的意义。

我国历来有编辑"类书"的传统，采撷群书，辑录各门类或某一类资料，根据内容加以编排，以供查询、征引之用，如《太平广记》《艺文类聚》《古诗类编》等。这样的编选思路，能够较为精准地囊括某一题材的佳作，方便读者检索、参考、阅读，也有利于传播，是古代的"数据库"。本着这样的出发点，我社曾分批编选并出版过一套以主题为核心的同题散文集，比如春、夏、秋、冬，比如风、花、雪、月……每册的内容相对集中，既有文学的意义，又有史料的功能。

数年过去，这套丛书在读者中反应尚佳。因此，我们决定遴选其中的经典篇目，并增加一部分之前未选入丛书的作品，出一套精选集。选文中一些现代作家的行文习惯和用词可能与当下的规范不一致，为尊重历史原貌，一律不予更动。由于编选者识见有限，疏漏之处在所难免，遗珠之憾也仍将存在，敬请读者诸君多多指教。

第一辑

第二辑

河

第三辑

湖

第
四
辑

海

第一辑

山

五峰游记

李大钊

我向来惯过"山中无历日，寒尽不知年"的日子，一切日常生活的经过都记不住时日。

我们那晚八时顷，由京奉线出发，次日早晨曙光刚发的时候，到滦州车站。此地是辛亥年张绍曾将军督率第二十军，停军不发，拿十九信条要挟清廷的地方。后来到底有一标在此起义，以寡不敌众失败，营长施从云、王金铭，参谋长白亚雨等殉难。这是历史上的纪念地。

车站在滦州城北五里许，紧靠着横山。横山东北，下临滦河的地方，有一个行宫，地势很险，风景却佳，而今做了我们老百姓旅行游览的地方。

由横山往北，四十里可达卢龙。山路崎岖，水路两岸万山重叠，暗崖很多，行舟最要留神，而景致绝美。由横山往南，滦河曲折南流入海，以陆路计，约有百数十里。

我们在此雇了一只小舟，顺流而南，两岸都是平原。遍地的禾苗，虽是茂盛，但已觉受旱。禾苗的种类，以高粱为多，因为滦河一带，主要的食粮，就是高粱。谷黍豆类也有。滦河每年泛滥，河身移从无定，居民都以为苦。其实滦河经过的地方，虽有时受害，而大体看来，却很富厚，因为它的破坏中，却带来了很多的新生活种子、原料。房屋老了，经它一番破坏，新的便可产生。土质乏了，经它一回滩淤，肥的就会出现。这条滦河简直是这一方的旧生活破坏者，新生活创造者。可惜人都是苟安，但看见它的破坏，看不见它的建设，却很冤枉了它。

河里小舟漂着，一片斜阳射在水面，一种金色的浅光，衬着岸上的绿野，景色真是好看。

天到黄昏，我们还未上岸。从舟人摇橹的声中，隐约透出了远村的犬吠，知道要到我们上岸的村落了。

到了家乡，才知道境内很不安静。正有"绑票"的土匪，在各村骚扰。还有"花会"照旧开设。

过了两三日，我便带了一个小孩，来到昌黎的五峰。是由陆路来的，约有八十里。从前昌黎的铁路警察，因在车站干涉日本驻屯军的无礼的行动，曾有五警士为日兵惨杀。这也算是一个纪念地。

五峰是碣石山的一部，离车站十余里，在昌黎城北。我们清早雇骡车运行李到山下。

车不能行了，只好步行上山。一路石径崎岖，曲折得很，两旁松林密布。间或有一二人家很清妙的几间屋，筑在山上，大概窗前都有果园。泉水从石上流着，潺潺作响，当日恰遇着微雨，山景格外新鲜。走了约四里许，才到五峰的韩公祠。

五峰有个胜境，就在山腹。望海、锦绣、平斗、飞来、挂月，五个山峰环抱如椅。好事的人，在此建了一座韩文公祠。下临深涧，涧中树木丛森。在南可望渤海，碧波万顷，一览无尽。我们就在此借居了。

看守祠宇的人，是一双老夫妇，年事都在六十岁以上，却很健康。此外一狗、一猫、两只母鸡，构成他们那山居的生活。我们在此，找夫妇替我们操作。

祠内有两个山泉可饮。煮饭烹茶，都从那里取水。用松枝做柴，颇有一种趣味。

山中松树最多，果树有苹果、桃、杏、梨、葡萄、黑枣、胡桃等。今年果收都不佳。

来游的人却也常有。但是来到山中，不是吃喝，便是赌博，真是大煞风景。

山中没有野兽，没有盗贼，我们可以夜不闭户，高枕而眠。

久旱，乡间多求雨的，都很热闹，这是中国人的群众运动。

昨日山中落雨，云气把全山包围。树里风声雨声，有波涛澎湃的样子。水自山间流下，却成了瀑布。雨后大有秋意。

山中的历日

郑振铎

"山中无历日"，这是一句古话，然而我在山中却把历日记得很清楚。我向来不记日记，但在山上却有一本日记，每日都有二三行的东西写在上面。自七月二十三日，第一日在山上醒来时起，直到了最后的一日早晨，即八月二十一日，下山时止，无一日不记。恰恰的在山上三十日，不多也不少，预定的要做的工作，在这三十日之内，也差不多都已做完。

当我离开上海时，一个朋友问我："什么时候可以回来？"

"一个月。"我答道。真的，不多也不少，恰是一个月。有一天，一个朋友写信来问我道："你一天的生活如何呢？我们只见你一天一卷的原稿寄到上海来，没有一个人不惊诧而且佩服的。上海是那样热呀，我们一行字也不能写呢。"

我正要把我的山上生活告诉他们呢。

在我的二十几年的生活中，没有像如今的守着有规则的生活，也没有像如今的那么努力地工作着的。

第一晚，当我到了山时，已经不早了，滴翠轩一点灯火也没有。我向心南先生道："怎么黑漆漆的不点灯？"

"在山上，我们已成了习惯，天色一亮就起来，天色一黑就去睡，我起初也不惯，现在却惯了。到了那时，自然而然地会起来，自然而然地会去睡。今夜，因为同家母谈话，睡得迟些，不然，这时早已入梦了。家中人，除了我们二人外，他们都早已熟睡了。"心南先生说。

我有些惊诧，却不大相信。更不相信在上海起迟眠眠的我，会服从了这个山中的习惯。

然而到了第二天绝早，心南先生却照常起身。我这一夜是和他暂时一房同睡的，也不由得不起来，不由得不跟了他一同起身。"还早呢，还只有六点钟。"我看了表说。

"已经是太晚了。"他说。果然，廊前太阳光已经照得满墙满地了。

这是第一次，我倚了绿色的栏杆——后来改漆为红色的，却更有些诗意了——去看山景。没有奇石，也没有悬岩，全山都是碧绿色的竹林和红瓦黑瓦的洋房子。山形是太平衍了。然而向东望去，却可看见山下的原野。一座一座的小山，都在我们的足下，一畦一畦的绿田，也都在我们的足下。几缕的炊烟，由田间升起，在空中袅袅地飘着，我们知道那里是有几家农户了，虽然看不见他们。空中是停着几片的浮云。太阳照在上面，那云影倒映在山峰间，明显可以看见。

"也还不坏呢，这山的景色。"我说。

"在起了云时，漫山都是云，有的在楼前，有的在足下，有时浑不见对面的东西，有时，诸山只露出峰尖，如在海中的孤岛，这简直可称为云海，那才有趣呢。我到了山时，只见了两次这样的奇景。"心南先生说。

这一天真是忙碌，下山到了铁路饭店，去接梦旦先生他们上山来。下午，又东跑跑西跑跑。太阳把山径晒得滚热的，它又张了大眼向下望着，头上是好像一把火的伞。只好在邻近竹径中走走就回来了。

在山上，雨是不预约就要落下来的，看它天气还好好的，一瞬间，却已乌云蔽了楼檐，沙沙的一阵大雨来了。不久，眼望着这块大乌云向东驶去，东边的山与田野却现出阴郁的样子，这里却又是太阳光满满地照着了。

"伞在山上倒是必要的；晴天可以挡太阳，下雨的时候可以挡雨。"我说。

这一阵雨过去后，天气是凉爽得多了，我便又独自由竹林间的一条小山径，寻路到瀑布去。山径还不湿滑，因为一则沿路都是枯落的竹叶躺着，二则泥土太干，雨又下得不久。山径不算不峻峭，却异常好走。足踏在干竹叶上，柔柔的如履铺了棉花的地板，手攀着密集的竹子，一棵一棵地递扶着，如扶着栏杆，任怎么峻峭的路，都不会有倾跌的危险。

莫干山有两个瀑布，一个是在这边山下，一个是碧坞。碧坞太远了，听说路也很险。走过去，要经过一条只有一尺多阔的栈道，一面是绝壁，一面是十余丈深的山溪，轿子是不能走过的，只好把轿子中途弃了，两个轿夫牵着游客的双手，一前一后地把他送过去。去年，有几个朋友到那里去游，却只有几个最勇敢的这样走了过去，还有几个却终于与轿子一同停留在栈道的这边，不敢过去了。这边的山下瀑布，路途却较为好走，又没有碧坞那么远，所以我便渴于要先去看看——虽然他们都要休息一下，不大高兴走。

瀑布的气势是那么样的伟大，瀑布的景色是那么样的壮美；那么多的清泉，由高山石上，倾倒而下，水声如雷似的，水珠溅得远远的，只要闭眼一想象，便知它是如何地迷人呀！我少时曾和数十个同学们一同旅行到南雁荡山。那边的瀑布真不少，也真不小。老远的老远的，便看见一道道的白练布由山顶挂了下来。却总是没有走到。经过了柔湿的田道，经过了繁盛的村庄，爬上了几层的山，方才到了小龙湫。那时是初春，还穿着棉衣。长途的跋涉，使我们都气喘汗流。但到了瀑布之下，立在一块远隔丈余的石上时，细细的水珠却溅得你满脸满身都是，阴凉的，阴凉的，立刻使你一点的热感都没有了；虽穿了棉衣，还觉得冷呢。面前是万斛的清泉，不休地只向下倾注，那景色是无比的美好，那清而洪大的水声，也是无比的美好。这使我到如今还记着，这使我格外地喜爱瀑布与有瀑布的山。十余年来，总在北京与上海两处徘徊着，不仅没有见什么大瀑布，便连山的影子也不大看得见。这一次之到莫干山，小半的原因，因为那山有瀑布。

山径不大好走，时而石级，时而泥径，有时，且要在荒草中去寻路。亏得一路上溪声潺潺的。沿了这溪走，我想总不会走得错的。后来，终于是走到了。但那水声并不大，立近了，那水珠也不会飞溅到脸上身来。高虽有二丈多高，阔却只有两个人身的阔。那么样萎靡的瀑布，真使我有些失望。然而这总算是瀑布，万山静悄悄的，连鸟声也没有，只有几张照相的色纸，落在地上，表示曾有人来过。在这瀑布下留连了一会，脱了衣服，洗了一个身，濯了一会足，便仍旧穿便衣，与它告别了。却并不怎么样的惜别。

刚从林径中上来，便看见他们正在门口，打算到外面走走。

"你去不去？"檗黄问我。

"到哪里去？"我问道。

"随便走走。"

我还有余力，便跟了他们同去。经过了游泳池，个个喧笑地在那里泅水，大都是碧眼黄发的人，他们是最会享用这种公共场所的。池旁，列了许多座位，预备给看的人坐，看的人真也不少。沿着这条山径，到了新会堂，图书馆和幼稚园都在那里。一大群的人正从那里散出，也大都是碧眼黄发的人。沿着山边的一条路走去，便是球场了。球场的规模并不小，难得在山边会辟出这么大的一个地方。场边有许多石级凸出，预备给人坐，那边贴了不少布告，有一张说："如果山岩崩坏了，发生了什么意外之事，避暑会是不负责的。"我们看那山边，围了不少层的围墙。很坚固，很坚固，哪里会有什么崩坏的事。然而他们却要预防着。在快活地打着球的，也都是碧眼黄发的人。

梦旦先生他们坐在亭上看打球，我们却上了山脊。在这山脊上缓缓地走着，太阳已将西沉，把那无力的金光亲切地抚摩我们的脸。并不大的凉风，吹拂在我们的身上，有种说不出的舒适之感。我们在那里，望见了塔山。

心南先生说："那是塔山，有一个亭子的，算是莫干山最高的山了。"望过去很远，很远。

晚上，风很大。半夜醒来，只听见廊外呼呼地啸号着，仿佛整座楼房连基底都要为它所摇撼。

山中的风常是这样的。

这是在山中的第一天。第二天也没有做事。到了第三天，却清早起来，六点钟时，便动手做工。八时吃早餐，看报，看来信，邮差正在那时来。九时再做，直到了十二时。下午，又开始写东西，直到了四时。那时，却要出门到山上走走了。却只在近处，并不到远处去。天未黑便吃了饭。随意闲谈着。到了八时，却各自进了房。有时还看看书，有时却即去睡了。一个月来，几乎天天如此。

下午四时后，如不出去游山，便是最好的看书时间了。

山中的历日便是如此，我从来没有过着这样的有规则的生活过！

一九二六年九月二十日追记

皋亭山

郁达夫

皋亭山俗称半山，以"半山娘娘庙"出名。地在杭城东北角，与城市相去大约有十五六里路之遥。上半山进香或试春游的人，可以从万安桥头下船，一直遵水路向东北摇去。或从湖墅、拱宸桥以及城里其他各埠下船去都行。若从陆路去，最好是坐火车到笕桥下车，向北走去，到半山只有七里，倘由拱宸桥走去，怕要走十多里路了，而路又曲折容易走错。汽车路，不知通到了什么地方，因为航空学校在皋亭山下笕桥之南三五里，大约汽车路总一定是有的。

先说明了这一条路径，其次要说我去游皋亭的经验了，这中间，还可以插叙些历史上的传说进去。

自前年搬到了杭州来住后，去年今年总算已经过了两个春天。我所最爱的季节，在江南是秋是冬，以及春初的一两个月。以后天气一热，从春晚到夏末，我简直是一个病夫；晚上睡不着觉，日里头昏脑涨，不吃酒也像是个醉狂的人。去年春天，为防止这一种痒夏——其实也可以说是痒春——病的袭来，老早我就在防卫，想把身体锻炼得好些，可以敌得过浓春的压迫，盛夏的熏蒸。故而到了春初，我就日日游山玩水，跑路爬高，书也不读，文章也不写。有一天正在打算找出一处不曾去过的地方来，去游他一天，消磨那一日长闲的春昼，恰巧有一位多年不见的诗人何君来了，他是住在临平附近的人，对于那一边的地理，是很熟悉的。我问说："临平山、超山、唐栖镇，都已经去过了，东面还有更可以玩的地方没有？"他垂头想了一想，就说："半山你到过没有？"我说："没有！"于是就决定了一道去游半山。

半山本名皋亭山，在清朝各诗人的集子里，记游皋亭看桃花的诗词杂文很多很多；我们去的那一天，桃花虽还没有开，但那一年春天来得较迟，梅花也许是还有的。皋亭虽不是出梅子的地方，可是野人篱落，一树半枝的古梅，倒也许比梅林更为有趣；何君从故乡来，说迟梅还正在盛开，而这一天的天气，也正适合于探梅野步。

我们去时，本打算上笕桥去下车，以后就走到皋亭山上庙里去吃午餐的；但一到车站，听说四等车已经开了，于是不得已只能坐火车到了拱宸桥。

在拱宸桥下车，遥望着皋亭的山色，向北向东，穿桑林，过小桥，一路走去，那一种萧疏的野景，实在也满含着牧歌式的情趣。到了离皋亭山不远，入沿堤一处村子里的时候，梅花已经看了不少，说话也说尽了两三个钟头，而肚里也有点像贪狼似的饿了。

我们在堤上的一家茶馆里，烘着太阳，脱下衣服，先喝了两大碗土烧酒，吃了十几个茶叶蛋，和一大包花生米、豆腐干。村里的人，看见我们食量的宏大，行动的奇特，在这早春的农闲期里，居然也聚拢了许多农工织女，来和我们攀谈。中间有一位抱小孩子的二十二三的少妇，衣服穿得异常整齐，相貌也生得非常之完满，默默微笑着坐在我们一丛人的边上，在听我们谈海天，说笑话，而时时还要加以一句两句的羞缩的问语。何诗人得意之至，酒喝完后，诗兴发了，即席就吟成了一首七言长句，后来就题上了"半山娘娘庙"的墙壁；他要我和，我只做成了一半，后一半却是在回来的路上做的，当然是出韵了，原诗已经记不出来，我现在先把我的和诗抄在下面：

> 春愁如水刀难断，村酿偏醇醉易狂。
>
> 笑指朱颜称白也，乱抛青眼到红妆。
>
> 上方钟定夫人庙，东阁诗成水部郎。
>
> 看遍野梅三百树，皋亭山色暮苍苍。

因为我们在茶馆里所谈的，就是这一首诗里的故事。

他们说："半山娘娘最有灵感，看蚕的人家，每年来这里烧香的，从二月到四月，总有几千几万。"

他们又说："半山娘娘，是小康王封的。金人追小康王到了这山的半腰，小康王无处躲了，幸亏这娘娘一把沙泥，撒瞎了追来的金人的眼睛。"

又有一个老农夫订正这一个传说："小康王逃入了半山的山洞，金人赶到了，幸亏娘娘把一篓细丝倒向了洞口，因而结成了蛛网。金人看见蛛网满洞，晓得小康王绝不会躲在洞里，所以又远追了开去。"

凡此种种，以及香灰疗病、娘娘托梦等最近的奇迹，他们都说得活灵活现，我们仿佛是身到了西方的佛国。故而何诗人作了诗，而不是诗人的我也放出了那么的一"臭"，其实呢，半山庙所祀的为倪夫人。据说，金人来侵，村民避难入山；向晚大家回村去宿，独倪夫人怕被奸污，留居山上，夜间为毒蛇咬死。人悯其贞，故立庙祀之。所谓撒沙，所谓倒丝筐，都是由这传说里滋生出来的枝节，而祠为宋敕，神为女神，却是实事。

我们饱吃了一顿，大笑了一场，就由这水边的村店里走出，沿堤又走了二三里路，就走上了皋亭脚下的一个有山门在的村子。这里人家更多，小店里的货色也比较完备。但村民的新年习惯，到了阴历的二月还未除去，山门前的亭子里、茶店里，有许多人围着在赌牌九。何诗人与我，也挤了进去，押了几次，等四毛小洋输完后，只好转身入山门，上山去瞻仰半山娘娘的像了。

庙的确是在半山，庙里的匾额、签文，以及香烛之类，果然堆叠得很多。但正殿三间，已经倾颓灰黑了，若再不修理，怕将维持不下去。西面的厢房一排数间，是厨房，也是管庙管山的人的宿舍，后面更有一个观音堂，却是新近修理粉刷过的。

因为半山庙的前后左右，也没有什么好看，桃树也并没有看见，梅花更加少了，我们就由倪夫人庙西面的一条山路走上了山顶。登高而望远，风景是总不会坏的，我们在皋亭山顶，自然也看见了杭州城里的烟树人家与钱塘江南岸的青山。

从山顶下来，时间已经不早了，何诗人将诗题上了西厢的粉壁后，两人就跑也似的走到了笕桥。

　　一年的岁月，过去得很快；今年新春刚过，又是饲蚕的时节了，前几天在万安桥头闲步，并且还看见了桅杆上张着黄旗的万安集、半山、超山进香的香船，因而便想起了去年的游迹，因而又发出了一"臭"：

　　　　半堤桃柳半堤烟，急景清明谷雨前。

　　　　相约皋亭山下去，沿河好看进香船。

一九三五年三月二十七日

翡冷翠山居闲话

徐志摩

在这里出门散步去，上山或是下山，在一个晴好的五月的向晚，正像是去赴一个美的宴会，比如去一果子园，那边每株树上都是满挂着诗情最秀逸的果实，假如你单是站着看还不满意时，只要你一伸手就可以采取，可以恣尝鲜味，足够你性灵的迷醉。阳光正好暖和，绝不过暖；风息是温驯的，而且往往因为他是从繁花的山林里吹度过来，他带来一股幽远的澹香，连着一息滋润的水汽，摩挲着你的颜面，轻绕着你的肩腰，就这单纯的呼吸已是无穷的愉快；空气总是明净的，近谷内不生烟，远山上不起霭，那美秀风景的全部正像画片似的展露在你的眼前，供你闲暇的鉴赏。

做客山中的妙处，尤在你永不须踟蹰你的服色与体态；你不妨摇曳着一头的蓬草，不妨纵容你满腮的苔藓；你爱穿什么就穿什么；扮一个牧童，扮一个渔翁，装一个农夫，装一个走江湖的桀卜闪，装一个猎户；你再不必提心整理你的领结，你尽可以不用领结，给你的颈根与胸膛一半日的自由，你可以拿一条这边艳色的长巾包在你的头上，学一个太平军的头目，或是拜伦那埃及装的姿态；但最要紧的是穿上你最旧的旧鞋，别管他模样不佳，他们是顶可爱的好友，他们承着你的体重却不叫你记起你还有一双脚在你的底下。

　　这样的玩顶好是不要约伴，我竟想严格取缔，只许你独身；因为有了伴多少总得叫你分心，尤其是年轻的女伴，那是最危险最专制不过的旅伴，你应得躲避她像你躲避青草里一条美丽的花蛇！平常我们从自己家里走到朋友的家里，或是我们执事的地方，那无非是在同一个大牢里从一间狱室移到另一间狱室去，拘束永远跟着我们，自由永远寻不到我们；但在这春夏间美秀的山中或乡间你要是有机会独身闲逛时，那才是你福星高照的时候，那才是你实际领受，亲口尝味，自由与自在的时候，那才是你肉体与灵魂行动一致的时候；朋友们，我们多长一岁年纪往往只是加重我们头上的枷，加紧我们脚胫上的链，我们见小孩子在草里在沙堆里在浅水里打滚作乐，或是看见小猫追它自己的尾巴，何尝没有羡慕的时候，但我们的枷，我们的链永远是制定我们行动的上司！所以只有你单身奔赴大自然的怀抱时，像一个裸体的小孩扑入他母亲的怀抱时，你才知道灵魂的愉快是怎样的，单是活着的快乐是怎样的，单就呼吸单就走道单就张眼看耸耳听的幸福是怎样的。因此你得严格为己，极端自私，只许你，体魄与性灵，与自然同在一个脉搏里跳动，同在一个音波里起伏，同在一个神奇的宇宙里自得。我们浑朴的天真是像含羞草似的娇柔，一经同伴的抵触，他就卷了起来，但在澄静的日光下，和风中，他的姿态是自然的，他的生活是无阻碍的。

　　你一个人漫游的时候，你就会在青草里坐地仰卧，甚至有时打滚，因为草的和暖的颜色自然地唤起你童稚的活泼；在静僻的道上你就会不自主地狂舞，看着你自己的身影幻出种种诡异的变相，因为道旁树木的阴影在他们纡徐的婆娑里暗示你舞蹈的快乐；你也会得信口的歌唱，偶尔记起断片的音调，与你自己随口的小曲，因为树林中的莺燕告诉你春光是应得赞美的；更不必说你的胸襟自然会跟着曼长的山径开拓，你的心地会看着澄蓝的天空静定，你的思想和着山罅间的水声，山罅里的泉响，有时一澄到底的清澈，有时激起成章的波动，流，流，流入凉爽的橄榄林中，流入妩媚的阿诺河去……

　　并且你不但不须应伴，每逢这样的游行，你也不必带书。书是理想的伴侣，但你应得带书，是在火车上，在你住处的客室里，不是在你独身漫步的时候。什么伟大的深沉的鼓舞的清明的优美的思想的根源不是可以在风籁中，云彩里，山势与地形的起伏里，花草的颜色与香息里寻得？自然是最伟大的一部书，葛德说，在他每一页的字句里我们读得最深奥的消息。并且这书上的文字是人人懂得的；阿尔帕斯与五老峰，雪西里与普陀山，莱因河与扬子江，梨梦湖与西子湖，建兰与琼花，杭州西溪的芦雪与威尼市夕照的红潮，百灵与夜莺，更不提一般黄的黄麦，一般紫的紫藤，一般青的青草同在大地上生长，同在和风中波动——他们应用的符号是永远一致的，他们的意义是永远明显的，只要你自己性灵上不长疮瘢，眼不盲，耳不塞，这无形迹的最高等教育便永远是你的名分，这不取费的最珍贵的补剂便永远供你受用；只要你认识了这一部书，你在这世界上寂寞时便不寂寞，穷困时不穷困，苦恼时有安慰，挫折时有鼓励，软弱时有督责，迷失时有南针。

十四年七月

庐 山 游 记 ①

胡 适

昨夜大雨，终夜听见松涛声与雨声，初不能分别，听久了才分得出有雨时的松涛与雨止时的松涛，声势皆很够震动人心，使我终夜睡眠甚少。

早起雨已止了，我们就出发。从海会寺到白鹿洞的路上，树木很多，雨后清翠可爱。满山满谷都是杜鹃花，有两种颜色，红的和轻紫的，后者更鲜艳可喜。去年过日本时，樱花已过，正值杜鹃花盛开，颜色种类很多，但多在公园及私人家宅中见之，不如今日满山满谷的气象更可爱。因作绝句记之：

> 长松鼓吹寻常事，
> 最喜山花满眼开。
> 嫩紫鲜红都可爱，
> 此行应为杜鹃来。

---

① 本文为节选。

到白鹿洞。书院旧址前清时用作江西高等农业学校，添有校舍，建筑简陋潦草，真不成个样子。农校已迁去，现设习林事务所。附近大松树都钉有木片，写明保存古松第几号。此地建筑虽极不堪，然洞外风景尚好。有小溪，浅水急流，铮淙可听；溪名贯道溪，上有石桥，即贯道桥，皆朱子起的名字。桥上望见洞后诸松中一松有紫藤花直上到树杪，藤花正盛开，艳丽可喜。

白鹿洞本无洞，正德中，南康守王溱开后山作洞，知府何濬凿石鹿置洞中。这两人真是大笨伯！

白鹿洞在历史上占一个特殊地位，有两个原因。其一，因为白鹿洞书院是最早一个书院。南唐昇元中（937—942）建为庐山国学，置田聚徒，以李善道为洞主。宋初因置为书院，与睢阳、石鼓、岳麓三书院并称为"四大书院"，为书院的四个祖宗。其二，因为朱子重建白鹿洞书院，明定学规，遂成后世几百年"讲学式"的书院的规模。宋末以至清初的书院皆属于这一种。到乾隆以后，朴学之风气已成，方才有一种新式的书院起来；阮元所创的诂经精舍，学海堂，可算是这种新式书院的代表。南宋的书院祀北宋周邵程诸先生；元明的书院祀程朱；晚明的书院多祀阳明；王学衰后，书院多祀程朱。乾嘉以后的书院乃不祀理学家而改祀许慎郑玄等。所祀的不同便是这两大派书院的根本不同。

朱子立白鹿洞书院在淳熙己亥（一一七九），他极看重此事，曾札上丞相说：

> 愿得比祠官例，为白鹿洞主，假之稍廪，使得终与诸生讲习其中，犹愈于崇奉异教香火，无事而食也。(《庐山志》八，页二，引《洞志》)

他明明指斥宋代为道教宫观设祀官的制度，想从白鹿洞开一个儒门创例来抵制道教。他后来奏对孝宗，申说请赐书院额，并赐书的事，说：

> 今老佛之宫布满天下，大都逾百，小邑亦不下数十，而公私增益势犹未已。至于学校，则一郡一邑仅置一区，附廓之县又不复有。盛衰多寡相悬如此！(同上，页三)

这都可见他当日的用心。他定的《白鹿洞规》，简要明白，遂成为后世七百年的教育宗旨。

庐山有三处史迹代表三大趋势：(一)慧远的东林，代表中国"佛教化"与佛教"中国化"的大趋势。(二)白鹿洞，代表中国近世七百年的宋学大趋势。(三)牯岭，代表西方文化侵入中国的大趋势。

从白鹿洞到万杉寺。古为庆去庵，为"律"居，宋景德中有大超和尚手种杉树万株，天圣中赐名万杉。后禅学盛行，遂成"禅寺"。南宋张孝祥有诗云：

老干参天一万株，
庐山佳处着浮图。

只因买断山中景，

破费神龙百斛珠。

（《志》五，页六四，引《桯史》）

今所见杉树，粗仅如瘦碗，皆近年种的。有几株大樟树，其一为"五爪樟"，大概有三四百年的生命了；《指南》说"皆宋时物"，似无据。

从万杉寺西行约二三里，到秀峰寺。吴氏旧《志》无秀峰寺，只有开光寺。毛德琦《庐山新志》(康熙五十九年成书。我在海会寺买得一部，有同治十年，宣统二年，民国四年补版。我的日记内注的卷页数，皆指此书）说：

康熙丁亥（一七〇七）寺僧超渊往淮迎驾，御书秀峰寺赐额，改今名。

开先寺起于南唐中主李璟。李主年少好文学，读书于庐山；后来先主代杨氏而建国，李璟为世子，遂嗣位。他想念庐山书堂，遂于其地立寺，因有开国之祥，故名开先寺，以绍宗和尚主之。宋初赐名开先华藏；后有善遍，为禅门大师，有众数百人。至行瑛，有治事才，黄山谷称"其材器能立事，任人役物如转石于千仞之溪，无不如意"。行瑛发愿重新此寺。

开先之屋无虑四百楹，成于瑛世者十之六，穷壮极丽，迄九年乃即功。（黄庭坚《开先禅院修造记》，《志》五，页一六至一八）

此是开先极盛时。康熙间改名时，皇帝赐额，赐御书《心经》，其时"世之人无不知有秀峰"（郎廷极《秀峰寺记》，《志》五，页六至七）。其时也可称是盛世。到了今日，当时所谓"穷壮极丽"的规模只剩败屋十几间，其余只是颓垣废址了。读书台上有康熙帝临米芾书碑，尚完好；其下有石刻黄山谷书《七佛偈》，及王阳明正德庚辰（一五二〇）三月《纪功题名碑》，皆略有损坏。

寺中虽颓废令人感叹，然寺外风景则绝佳。为山南诸处的最好风景。寺址在鹤鸣峰下，其西为龟背峰，又西为黄石岩，又西为双剑峰，又西南为香炉峰，都嵚奇可喜。鹤鸣与龟背之间有马尾泉瀑布，双剑之左有瀑布水；两个瀑泉遥遥相对，平行齐下，下流入壑，汇合为一水，迸出山峡中，遂成最著名的青玉峡奇景。水流出峡，入于龙潭。昆山与祖望先到青玉峡，徘徊不肯去，叫人来催我们去看。我同梦旦到了那边，也徘徊不肯离去。峡上石刻甚多，有米芾书"第一山"大字，今钩摹作寺门题榜。

徐凝诗"今古长如白练飞，一条界破青山色"，即是咏瀑布的。李白《瀑布泉》诗也是指此瀑。旧《志》载瀑布水的诗甚多，但总没有能使人满意的。

由秀峰往西约十二里，到归宗寺。我们在此午餐，时已下午三点多钟，饿的不得了。归宗寺为庐山大寺，也很衰落了。我向寺中借得《归宗寺志》四卷，是民国甲寅先勤本坤重修的，用活字排印，错误不少，然可供我的参考。

我们吃了饭，往游温泉。温泉在柴桑桥附近，离归宗寺约五六里，在一田沟里。雨后沟水浑浊，微见有两处起水泡，即是温泉。我们下手去试探，一处颇热，一处稍减。向农家买得三个鸡蛋，放在两处，约七八分钟，因天下雨了，取出鸡蛋，内里已温而未熟。田陇间有新碑，我去看，乃是星子县的告示，署民国十五年，中说，接康南海先生函述在此买田十亩，立界碑为记的事。康先生去年死了。他若不死，也许能在此建立一所浴室，他买的地横跨温泉的两岸。今地为康氏私产，而业归海会寺管理，那班和尚未必有此见识作此事了。

此地离栗里不远，但雨已来了，我们要赶回归宗，不能去寻访陶渊明的故里了。道上见一石碑，有"柴桑桥"大字。旧《志》已说，"渊明故居，今不知处"（四，页七）。桑乔疏说，去柴桑桥一里许有渊明的醉石（四，页六）。旧《志》又说，醉石谷中有五柳馆，归去来馆。归去来馆是朱子建的，即在醉石之侧。朱子为手书颜真卿《醉石诗》，并作长跋，皆刻石上，其年月为淳熙辛丑（一一八一）七月（四，页八）。此二馆今皆不存，醉石也不知去向了。庄百俞先生《庐山游记》说他曾访醉石，乡人皆不知。记之以告后来的游者。

今早轿上读旧《志》所载周必大《庐山后录》，其中说他访栗里，求醉石，土人直云，"此去有陶公祠，无栗里也"（十四，页一八）。南宋时已如此，我们在七百年后更不易寻此地了，不如阙疑为上。《后录》有云：

尝记前人题诗云：

五字高吟酒一瓢，庐山千古想风标。

至今门外青青柳，不为东风肯折腰。

惜乎不记其姓名。

　　我读此诗，忽起一感想：陶渊明不肯折腰，为什么却爱那最会折腰的柳树？今日从温泉回来，戏用此意作一首诗：

陶渊明同他的五柳

当年有个陶渊明，

不惜性命只贪酒。

骨硬不能深折腰，

弃官回来空两手。

瓮中无米琴无弦，

老妻娇儿赤脚走。

先生吟诗自嘲讽，

笑指篱边五株柳：

"看他风里尽低昂！

这样腰肢我无有。"

　　晚上在归宗寺过夜。

朝山记琐

孙伏园

朝　山

　　人毕竟是由动物进化来的，所以各种动物的脾气还有时要发作，例如斯丹·利霍尔说小孩子要戏水是因为鱼的脾气发作了。朝山这件事，在各派宗教里虽然都视为重要；但无论他们怎样用形而上的讲法说到天花乱坠，在我却不妨太杀风景地说一句：除了若干宗教信仰等等的分子以外，朝山不过是人的猴子脾气之发作。我们到妙峰山去的五个人当中，至少我自信是有些如此的。

　　我国西南一带的山水我没有见过，尝听朋友们讲述是怎样的秀丽伟大而又多变化，在国内大抵要算最好的了。东南我是大略知道的，比不上西南自不消说，但每谓比北方一定是比得上而且有余的。泰山算得什么呢，在北方居然出了几千年的风头，我以为其余可想而知了。所以人在北方是不大会作游山之想的。自去年看见清瘦而又崇高的华山以后，虽然没有去游，但"北方之山近于土堆"的意见渐渐打破了。而妙峰山又是我生平所见第二次北方的好山。在这样的山中行走，我们才知道我们的祖宗从前是怎样的为我们开辟世界，我们现在住着的世界是曾有人不靠物质的帮助而肉搏出来的。我们虽然是步行，在好像用几个"之"字拼合起来的山道上步行，自以为刻苦了，差胜于大腹便便的或是莺声呖呖的坐轿的老爷太太们了；但是我们有开好了的路，有点好了的路灯，沿途有茶棚可以休息喝茶，手上又有削好了随处可以买到的桃树杖，前途又一点也没有什么猛兽或敌人的仇视，而有的只是一见面便互嚷"虔诚！虔诚！"的同一目的的香客。我们是何等的幸福呵！但是我们还觉得苦，这可以证明我们过惯了城市的生活，把我们祖先的强健的性习全丢掉了。

讲究的国家有公共体育场，有公共娱乐所，有种种完美的设备，可以使身体壮健精神愉快的。我们虽然知道这些，然而得不到这些，我们还是一年一回跟着往妙峰山进香的人们去凑热闹罢。

"星霜，星霜！"

在北京城里，街上常见有四担或五担笼盒，每担上有八面小旗，各系小铃，挑着"星霜星霜"地响着招摇过市。多少人不明白个中底细，每当他们是另外一个世界里的人物，从不去过问他们，尤其是我们江浙一带的人为然。但是到了妙峰山，我们才自惭形秽，觉悟自己是另外一个世界里的人物，那个世界却完全属于他们的。

如果你在庙里面等候着，听人说"到会了！"的时候，你要记住这是指庙外面有"会到了"。照例的，先是四担或五担乃至六担八担的笼盒，"星霜星霜"地响着过来，这叫做"钱粮把"，里面放的是敬神的香烛以及纸糊的元宝等等。"钱粮把"的前面是一个壮健的少年捧着供物，这看各种香会性质的不同，例如"献花老会"则捧鲜花，"茶会"则捧茶叶，"馒首圣会"则捧馒首。后面跟着会众，数人数十人乃至数百人不等。"钱粮把"进门后就放在院子里，各人都拿出香——讲究的再加以烛——来燃着，便跪在神前磕头祈祷。少年跪捧表章，居主祭者的前列，由庙祝用火徐徐烧着。表章是刻版现买的，空格上填进供物，会众人数，及会首姓名，放在一个五尺来高的方柱形的黄纸袋中，置于适能插下方柱形的铁架子上，少年的手就捧着那铁架子。这叫做"烧表"。

说到"烧表"，我们即刻会联想到光绪二十六年的某事，其实往妙峰山进香的人们的种种举止都可以表示出他们与"光绪二十六年最先觉得帝国主义之压迫"的英雄们是一路的。烧表时庙祝用两枝竹箸，夹着表章，使灰烬落入空柱中，不往外倾，口中尽念"虔诚！""虔诚！"不止。到了将要烧完的时候，"虔诚！"的声浪忽然提高，下面跪着的会众们，一听得这提高的声浪，便大家把脑袋儿齐往下磕。磕犹未了，必有年较长者，忽转身向会众起立，口中很念着几句嘹亮的言语，例如："诸位！在这里的，除了我的老师，便是我的弟子，我特地磕一个头，替你们祈福！"说着就跪下大磕其头。这种句语大抵是各各不同的，得由德高望重而又善于辞令的人自己去想，例如我另外听得一个是与上述的大同小异，末后却加上一个问题，问会众们："当此灾祸连年的时候，我们这种人不是炮火，是谁的力量？"会众们于是大嚷这是由于神的佑护。

这种情境活像是在初行"启发式教育"的国民学校的教室里。答出这个问题以后，会众进香的手续算是完了——但须看来的是什么会。倘是个少林会，那么，进香完毕正是他们工作的开始，因为还要在神前各献他们的身手哩。倘是个音乐会，要演奏音乐；大鼓会，要演唱大鼓；梨园中人的什么会，还要在神前演戏，不过角色是完全扮好了来的，演完便各自卸妆回去。"星霜星霜"的"钱粮把"也依然带着。

香　客

除了会众以外，个人的香客的进香方法，就不是这样了。我见有一个是三步一拜，一直从山下拜到山里；又一个几乎是一步一拜，看他样子已经是非常疲乏了，但仍是前进不懈。我们猜测，这一定是自己或是父母——但决不是为了妻子罢——大病痊愈以后来还愿的。无论茶棚子里面怎样高声地喊着那——

"先参驾！——这边落坐，喝粥喝茶！"

再加以"当！"的一下磬声，这样简单而动人的音调，他也决不反顾。可怜，满眼看过来，对于这种呼声、磬声，这种来往的香客，四周的景物，取一种鉴赏或研究的态度的，实在只有我们五个人。是颉刚兄的主意，未动身以前，先劝我去了洋服，而且沿路一概随俗：对于同时上去的香客，见有互嚷"虔诚"的，我们于是也从而"虔诚"之；对于下来的香客，虽向我们嚷"虔诚"但见同行的人有答以"带福还家"的，我们也从而"带福还家"之。到庙门，是先买了香烛进去的；在庙中，是先燃了香烛规规矩矩地跪拜的；在庙中的客室住了两宵，是完全以香客的资格受庙祝的招待的。我们以为必如此然后可以看见一点东西，否则只落得自己被他们看去，而我们所得的知识一定有限了。

三步一拜，五步一拜，乃至一步一拜的香客到底是不多的，正如全身穿了黄色衣服或红色衣服的香客也是不多一样，这种都是为着重大缘故而来的。其余大多数的人，都像我们一样的走上来，一样的进庙门，一样的跪拜，一样的磕头：我们既敢自信别人一定看不出我们是为观风问俗而来，那么我们也安敢自夸我们是知道别人怀着的是什么心眼呢？我们只能说，在外表上看来，我们都是一样的香客罢了。

照例，香是应该放在香炉里的，但在香炉后五六尺远，就有一堵照墙。照墙与香炉的距离间，左右又加筑两道短墙，这样三面短墙一面香炉恰成一个正方形了，这就是我们烧香的大香炉。我们到的时候，香市渐寥落了，但这大香炉还有倾炸的危险，三面砖墙都用木柱子支撑着。香客们决不能往香炉中插香的，只用整把的线香往大香炉中一扔，这就算是烧香了。

"带福还家！"

娘娘庙的门外，摆着许多卖花的摊子，花是括绒的、纸扎的，种种都有。一出庙门，我们就会听见"先生，您买福吗？"这种声音。"福"者"花"也，即使不是借用蝙蝠形的丝绒花的"蝠"字，这些地方硬要把"花"叫做"福"也是情理中可以有的。对于所谓"福"，我们在城里的时候已有了猜想，以为这一定是进香以后由庙中赠与香客的。如果真是这样，那够多么美妙呵！但是这种猜想到半路已经证实是不然了。不过我们还想，这种花一定是出在妙峰山上的，如果真是这样，即使是用钱买的，我们带回来够多么有意义啊！但后来一打听，才知道京中扎花铺的伙计们先"带福上山"然后使我们香客"带福还家"的。经过如此一场大"幻灭"之后，我们宜若可以不买花了，但我们依旧把绒花、纸花、蝙蝠形的花、老虎形的花戴了满头。胸前还挂着与其他香客一例的徽章，是一朵红花，下系一条红绶，上书"朝顶进香代福还家"八字。"代"者"带"也，北京人即使是极识字的，也每喜欢以"代"代"带"，其故至今未明，但"代"字可作"带"字解，已经是根深蒂固，几乎可在字典上加注一条了。

"带福还家"也是一种口号，正如上山时互嚷"虔诚"一样，下山时同路者便互嚷"带福还家"。即使是山路上坐着的乞丐们，也知道个中分别，上山时叫你"虔诚的老爷太太"，下山来便叫你"带福还家的老爷太太"了。山路最普通者共有三条，每条都划分几段短路，每段设有茶棚，并设有山顶女神的行座，大抵原意是如有香客中途不能上山，在茶棚里进香行礼也就行了。在这种茶棚里，所用茶碗、茶壶、茶桌等都非常精致坚实，镌有某某茶会等字样。而且专请嗓子嘹亮的人在棚下呼喊并打磬，虽然如上面所说，语句非常简单，但他们却津津有味像唱歌般地呼喊着，上山时"先参贺！这边落坐，喝粥喝茶！"下山则也嚷"带福还家"。他们在城市中打拱作揖拘拘得一年了，到这里借着神的佑护呼喊个痛快。

余 论

妙峰山香市是代表北京一带的真的民众宗教。我们的目的是研究与赏鉴，民众们是真的信仰。"有求必应"通例是用匾额的，他们却写在黄纸单片上沿路贴着，这可证明香客太多，庙中已经放不下匾额了，也可证明物质生活尚够不上买一块匾额的人也执迷了神的伟大的力而不得不想出一个"有求必应"之活用的方法了。

论到物质生活，低得真是可惊。据说连馒首、烧饼等至极简单之物，也得由北京运去；本地人吃窝窝头自不消说，但他们的窝窝头据说也不及北京做得好。食品以外，我再举一件三家店渡河的用具，也可借以想见京西北一带物质生活之古朴低陋了。河并不宽，造桥是不难的，却用渡船。水上先架一条铁索，高离水面约五尺许，两岸用木作架支之，索端则用大石块压于地上。河中是一只长方形的渡船，一端向下游，一端向上游。上游一端，有立柱一，与河上铁索相交，成十字形，使船被铁索扣住，不能随河水顺流而下。渡河的人们，就乘着这横走的渡船来往。这是说没有桥的地方。有桥的地方呢，先用桃木编成圆筒，当中满盛鹅卵石，将这种一筒一筒的鹅卵石放在中流，上搁跳板，便成了原始的桥了。总之，这些地方的用具几乎无一不是原始的，我所以说这种旅行最容易令人想起祖宗们的艰难困苦了。

但是靠了神的名义，他们也做了许多满我们之意的事。山上修路、点灯、设茶棚等等不说了；就在山下，我们也遇见一件"还愿毁陇"的新闻。将到山脚的地方，车夫不走原有的小路了，却窜入人家的田陇，陇上的麦已经被人蹈到半死的。我问为什么，车夫说这是田主许愿，将路旁麦田毁去几陇，任香客们践蹈，所以叫做"还愿毁陇"。这是伟大的。此外如山中溪水旁竟写有"此水烧茶，不准洗手脸"字样，简直连都市中的文明社会见之也有愧色了。

我对于香客的缺少知识觉得不满意，对于乡间物质生活的低陋也觉得不满意，但我对于许多人主张的将旧风俗一扫而空的办法也觉得不满意。如果妙峰山的天仙娘娘真有灵，我所求于她的只有一事，就是要人人都有丰富的物质生活，也都有丰富的知识生活与道德生活——换句话说，就是决不会迷信天仙娘娘是能降给我们祸福的了——但我们依旧保存妙峰山进香的风俗。

一九二五年五月

泰岱印象

范烟桥

民二十三年，南京《朝报》载津浦路局有旅行泰山参与祀孔之组织，余与张君指达联袂而往，首尾七日，曾作记游诗五十绝，为生平一快事。近见《新闻报》通讯，顿生怅触。

初至泰安，仅休息一时许，即坐"爬山虎"登泰山，城中景物，未暇睹览，今经六次血战，可胜叹惋，殷望太平，固不仅恃山游为生之轿夫也。泰山一气直上，惟"快活林"有三里平坦，可稍苏体力。余有诗云："修整六千七百级，篮舆轻便坐能安。横行合虎爬山蟹，山色尽教左右看。"因山级密叠，轿夫前后作横行斜上之势，较减肩头重力，且时时左右移向，游者乃得看两面山色矣。

泰山最峻险处为"十八盘"，轿夫其间尚有"慢十八""吊十八""轻十八"之分，余等舍轿而步登者，气喘汗流，深感轿夫之健为不可及。而返顾来路，在云气瀚翳中，如置身天衢。余有诗云："天开诀荡振松风，十八磴盘接上穹。回首迷濛失来路，此身已在白云中。"行尽为南天门，顾初上山时，已可望见，岩岩气象，方弗天上，乃费许多曲折，始至其地，俯视下界，顿隔霄壤，此境最为超卓。

云步桥有悬瀑，别有一番境界，余有诗云："小桥报有人痴立，倚遍朱栏听怒涛。一曲画成新境界，顿教忘却此山高。"《老残游记》写斗姆宫比丘尼，甚有风致，顾尔时已不可得，所见仅鸡皮鹤发之老尼，枯槁如荒木矣。

泰山石刻，以经石峪《金刚经》最奇伟，每字径二尺许，或云出自北齐王子椿手，惟因水帘洞流泉冲刷，泥砂漫漶，能完整可拓者，不过千余字而已。冯玉祥居山后时，于石上刻党义标语甚多，殊为恶札。至"皇道无边"，更非速去之不可，否则玷污名山，何异完颜亮"立马吴山第一峰"之辱耶。

下山后，始入城赡礼岱庙，画壁为东岳出巡故事，通讯云是宋真宗启跸回銮图，不知何所本？礼服仪仗，雍容肃穆，颇有历史价值，而色彩鲜妍，似屡经修补者。虽多更变乱，仍得保存，亦云幸矣。

余游泰岱，正青纱帐起，碉堡散立，想见是地伏莽之多。往时读《水浒》与明清小说，常有"绿林"与"山东道上"之印象，及于途间，见驱牪车，振长鞭，发奇响，自笑为安公子之流。有诗云："北来始见青纱帐，疏落碉楼伏莽除。林外响鞭破空翠，惊心恍读铁骑书。"今读通讯，更觉北地烽烟，难期消靖，而驾言出游，尚非其时，回念昔时，有如春梦矣。

避暑莫干山

周瘦鹃

已记不得是哪一年了，反正是一个火辣辣的大暑天，我正在上海作客，烈日当空，如把洪炉炙人，和几个老朋友相对挥汗，简直热得透不过气来。大家一商量，就定下了避暑大计，当日收拾行装，急匆匆地上火车，直奔杭州转往莫干山去。水陆并进地到了山下，早已汗流浃背。不过老天爷真会凑趣，竟淅淅沥沥地下起雨来，倒像是给我们这班远客殷勤洗尘呢。

冒雨登莫干山，夹路都是修竹，新翠欲滴，不时听得水声淙淙，似远似近，疑是从天上来的。登山有新旧两条路，而以旧路为较近，山径曲折高下，两旁多野花，着雨更见鲜丽，因此想到明代诗人王伯谷寄马湘兰小简中所谓："见道旁雨中花，仿佛湘娥面上啼痕耳。"这样的比喻，真是想入非非。

我们所住的地方，是在半山以上的一个客馆，小楼一角，朝朝可以看山。当窗有老松，有大棕树，浓密的枝叶披散着，好像结成了一大张油碧之幄的天幕，使人心目都爽。自顾此身，已在在二千尺以上，似乎接近了七重天，不禁有飘飘欲仙之感。

莫干山坐落武康县的西北，相去约二十余里。相传吴王阖闾，曾命干将、莫邪夫妇俩到山中来铸剑，铸成之后，就将夫妇的名字作为剑名，而山也因此得了个莫干的名称。在我们住处不远，有一个剑池，据说就是当年磨剑的所在。乌程周梦坡特地在石壁上刻了"剑池"二大字，并在另一块大石上标明"周吴干将莫邪夫妇磨剑处"，这石很为平滑，倒是一块天造地设的磨剑石。上面有瀑布，翻滚下泻，好像一匹倒挂数十丈的白练。为了正在雨后，瀑流更大更急，蔚为奇观。水声震耳，如鸣雷，如击鼓，又如万马奔腾。在这里小立半晌，胸襟顿觉开朗，虽有俗尘万斛，也给洗净了。

从剑池边向上走去，约几百步，有一座应虚亭，飞瀑流泉的声响，嘈嘈杂杂地传达到亭子里来，日夜不绝。亭柱上都有联语，如"才出山声震林木，便赴壑流为江湖""清可濯缨浊濯足，晴看飞雪雨飞虹"，都是和流泉飞瀑有关的。又集《诗品》和《禊帖》各一联云："泠然希音，上有飞瀑。虚伫神素，如将白云。""既然有水，不可无竹。时或登山，亦当有亭。"一典雅而一通俗，确是集句的能手。

山上空气特别好。一清如洗，几案面上，找不到一点尘埃。气候凉爽，比山下低十度左右，早晚可穿夹衣。白天出去游山，在阳光下往来走动，有时虽也出些微汗，可是一坐下来，立即遍体生凉。此外还有种种因素，可使人增进健康，延年益寿。听朋友们说，凡是身体较弱，来山休养的，往往增加体重，几乎百试不爽。

塔山是莫干山的主峰，在武康西北三十五里，比了邻近的许多山，确是算它最高。据《武康县志》说："晋天福二年，在山上造了一座塔，后来塔垮了，而山却仍名塔山。"山径作螺旋形，盘曲地达到山顶，有亭翼然，标着"高瞻远瞩"四个字。这里高出海平线二千二百五十尺，既可高瞻，也可远瞩，四周群山叠翠，倒像是儿孙绕膝一样。据文献记载："塔山北枕太湖，俨一椭圆之镜，湖中山岛，有如青螺游行水面，历历可数。东以吴兴之运河为带，西以余杭之天目为屏，钱塘江绕其东南而入海，水天一色，又若云汉之张锦焉。"塔山之美，也就尽在于此了。

塔山的山腰上，有一条圆路，很为平坦，前行几百步，见路旁有怪石十多块，一块叠着一块，危若累卵，似乎就要掉下来似的。据说在这里看夕阳下去，光景美绝，一试之下，果然觉得夕阳无限好，我因此给它起了个雅号，叫做"夕照坡"。从夕照坡上远远望去，见一座山上，阡陌纵横，全是农作物，十分富饶。问之山中父老，说这是天泉山，因为山麓有泉，细水长流，从不干涸，仗着它灌溉田亩，年年丰收，以为这泉出于天赐，因此称这山为天泉山。据前人所作《天泉山记》说："北上为双涧口，东西两流汇焉，如雷如霆，震动大壑。崖下松树绵蒙，三伏九夏，凛然寒冱也。历双涧口而上，东峰壁立数万仞，丹枫倒出，飞猱上下，风急天高，猿啼虎啸，众山皆响。又进之，则溪上高张琅玕，万顷缥碧。"读了这一节文字，可见天泉的风景也很不错，并且也是一个避暑的好去处。

山上的商业区，在荫山一带，商店栉比，全是为游客服务的，凡是一切日用必需之品，几乎应有尽有。书店、银行、邮电局也一应俱全，给游客大开方便之门。东南有金家山，并不很高，而附近诸山和山麓的农田，都可于俯仰之间，一览无余。相去不多路，有一地区叫做芦花荡，可是徒有其名，连一枝芦花也没有。听说此地俗称"锣鼓堂"，不知是什么意思，难道在这里可以听到敲锣打鼓吗？芦花荡有泉水十分清冽，游客都像渴马奔槽似的，伸出双手去掬水来喝。据说此泉曾经医生检验，绝对没有微生物寄生其中，因为源头有沙砾，已经过一度沙滤了。

我们虽说是来避暑、来休息的，然而老是厮守在客馆里，未免纳闷，决计游遍附近名胜，以广眼界而畅胸襟。第一个目的地是碧坞，趁着一个晴日，清早出发，请了一位向导，随带干粮茶水，准备作一日之游。离了客馆，道出塔山脚下，过郎山口，上莫干岭，山径崎岖，大家鼓勇前进。夹径全是密密层层的竹子，绿云万叠，几乎把天空也遮住了。在岭上颠顿了一小时，才下达平地。休息了一会，重又上路，过杨坞坑而到棣溪。一路野花媚人，远山如笑，山涧潺潺作响，似奏细乐，我们边看边听，乐而忘倦。农家利用涧水，设水碓春米，机栝很为简单，而十分得用，足见农民兄弟的智慧。近午，上龙池山，沿溪危岩迎面，乱枝打头，一会儿上升，一会儿下降，一会儿拐弯，一会儿直前，一行人都像变做了走盘珠。可是一步步进行，一步步渐入佳境，不一会听得水声琤琮，好像钟磬齐鸣，原来碧坞已近在眼前了。一抬头，就惊喜地望见前面悬崖上有一道飞瀑倾泻下来，白如翻雪。下有小池，清澈得发亮，活像是一面菱花宝镜。瀑水流过一堆堆的乱石，渟滀了一下，再从石壁上下泻，泻入一潭，据向导说，这就是有名的龙潭。我带头踏乱石，跨急流，蹲在一块大磐石上，低头瞧着那清可见底的龙潭，觉得双眼都清，连心腑也清了。当下朋友们见我独据磐石，心不甘服，也一个个挤了上来。为了时间已是午后一时，大家饥肠雷鸣，就团坐石上，吃干粮，一面掬起龙潭水来解渴，吃得分外有味。我们在碧坞一带盘桓很久，过足了山水的瘾，才尽兴而返。

"莫干山山水之美，以福水为第一，要是到了莫干山而不游福水，那就好像进了宝山而空着手回来。"这是客馆中一位老游客热心地指示我们的。我们言听计从，休息了一天，就请向导伴我们游福水去。大家以为福水就是个吉祥名字，大足动听，而游福水的人也个个都是福人哩。

这天早上虽有微雨，而我们游兴不减，全都带着雨具出发。过花坑岭、牛头堡、大树下、孙家岭、上关、后洪、溪北各地，只为游目骋怀，兴高百倍，也就不问路的远近，走到哪里是哪里。我们走走停停，估计已走了几十里路，而一条又长又清的大溪，它伸延了几十里，从没有间断过。每隔一百多步，总得有大石块错错落落地散置水中，多种多样，使人目不暇给。不知从哪里来的长流水，尽着乱石堆里争先恐后地翻滚下来，发出繁杂的声响，有时像弦管，有时像钟鼓，有时像雷轰，凑合在一起，就好像组成了一种大自然的交响乐，正在举行一个盛大的音乐会。走了一程，已到莫家坑，见有一条几丈长的板桥，架在溪上，溪水过桥下，流得更急，音响也更大。而无数大大小小的怪石，有的像鹤立，有的像虎踞，有的像豹蹲，有的像怒狮扑人，不单是散布在水中，连水边也纵横都是。我们眼瞧着好景当前，皆大欢喜，带着摄影机的朋友们，怎肯放过这样的好景，就贪婪地收进了镜头。

从莫家坑沿溪前去，不住地欣赏着水色山光，如在画图中行。不知不觉地又走了五里路，才到福水镇，我们探问小龙潭在哪里，回说过去一二里就到了。我们赶了大半天路，两腿有些发酸，却仍然余勇可贾，齐向小龙潭进发。沿路水声咽石，似在对我们致辞欢迎。不一会就瞧见前面有一道短短的瀑布，好像白虹倒挂，被阳光照耀得灿烂夺目。瀑水击在石上，发声清越，似乎有人在那里弹着琵琶，奏"十面埋伏"之曲，多么动听！不用说，这里就是所谓小龙潭了。

福水之游已经够乐了，而我们贪得无厌，一听得南谷也有好风景，就又赶往南谷去了。道出山居坞，只见到处是修竹接天，乱绿交织，到处是怪石碍路，溪涧争流。一路上所听到的，是风声、水声、蝉声、竹叶声、鸟语声，声声不断。至于山居坞的妙处，读了清代诗人沈焜的诗句，可见一斑："石磴何盘盘，左披右拂青琅玕。螺旋屈曲三百尺，俯视目骇心胆寒。百步人歇岭一转，人家三五垣不完。凉风飔飔袭襟袂，湿云暧暧连峰峦。修篁行尽古杉绿，危桥曲硐喷流湍。草根蹑石石欲动，飞泉溅足行路难。"诗中写出一些险，一些难，其实妙处也就在这里。离山居坞，到石颐山，据《武康县志》说："山腹两崖，大石错互，函若唇齿，其中廓然以容，黄土山桑，烟火数家，若颐之含物。"石颐之名就是这样得来的。石颐寺早已荒落，并无可观，寺后有虎跑泉，也没有去看。寺门前小桥的一旁，见有一块大石，高五六尺，倒像一个六尺昂藏的大汉站在那里。奇在石已裂开了一道大缝，一株树挺生在石缝的中间，枝叶纷披，绿阴如盖，据向导说，这是石颐山颇颇有名的"石中树"。

去石颐寺，过林坑，就到了铜山寺，寺中堂宇清净，楹联很多，记得有一联最好："会心不远，开门见山；随遇而安，因树为屋。"集句对仗工整，很见巧思。寺僧在山上种了大量的竹子，不单是美化了山景，也获得了丰富的收益。由寺外走上山去，这山就是铜官山，原名武康山，高三百五十丈，相传吴王濞采铜于此。登山并没平坦的路径，而我们还是鼓勇直上山顶，放眼四望，只见修篁结绿，古松参天，好一片洋洋大观的绿海，真是美不可言！前人游铜官山诗中所谓"万壑秋声松四面，一林浓翠竹千行"，实在是形容得远远不够的。山顶有小庵，大概就是宋代大诗人苏东坡、毛泽民常来随喜的无畏庵。管庵的老叟见我们远道而来，殷勤招待，取出一块铜石来观摩，并且带我们去看吴王炼铜的井，井有二口，并不太深，望下去黑沉沉的，也瞧不见什么。庵后有小坎，坎中满是水，据说终年不干，称为"铜井"，那老叟又带我们到附近的厨下去，指着壁间的石碣作证，上有"汉铜井"三字，笔画很工致，可见这小小铜井，已有一千七百多年的历史了。井旁有洞，名石燕洞，《武康县志》云："其燕亦视春秋为隐现，与巢燕同。"多分是故神其说吧？洞的上面有一座小石岩，名望月台，平坦可坐，月夜可以望月。老叟指着岩上一株古松说："这是铜山十景中有名的'擎天松'。"我抬头望将上去，见它虬枝四张，确是高不可攀，难怪古人要夸张一下，称为擎天了。

下铜官山，过对坞口，一路看山听水，直到六洞桥，桥下为大堰溪，因此原名大堰桥。清乾隆时原有九洞，桥柱用大毛竹编成，据说竹内填满石块，很为结实。后来桥圮重建，改为六洞，而在桥上盖成屋顶，作为行人歇息的所在。桥下溪水沦涟，潺潺有声，有无数小银鱼在水面上游来游去，斜阳照着鱼背，闪闪有光，真像镀着白银一样。右望溪边有怪石矗起，狰狞向人，向导说，这叫"怪石角"，倒是名副其实的。傍晚进入簰头镇，镇在武康县西三十里，据说竹木出山时，就从这里编成了簰流出去，因名簰头。大堰溪就傍着镇宛宛流去，溪边老树成荫，一片苍翠，使这古镇带着青春的气息。镇中多小商店，买客云集，也有一二茶馆，镇中人聚在这里谈天说地，很为热闹。簰头是武康最著名的市镇，凡是避暑莫干山的客人，往往要到簰头镇来溜达一下，而四周风物之美，也是足以吸引人的。清代诗人唐靖，曾有诗歌颂它："万壑奔趋一水开，轻桴片片着溪隈。人家鸡犬云中住，估客鱼盐天上来。深坞蒸炊归暮市，高滩竹溜割晴雷。近闻筱簜输沧海，林壑何当有蹯材。"这首诗也在竹木的输出上着眼，足见簰头镇商业之盛，历史已很悠久了。

我们和山灵有缘，游兴又好，加之一天休息，一天游山，也就不觉得劳累了。游过了簰头，又决定去游西谷，过荫山、塔山，再上莫干岭，所过处常见千竿万竿的竹子，连绵不断，其间有不少细竹，翠筱条条交织，倒像是绿罗的帘子，瞧了悦目赏心。到天泉寺，寺前都是参天的老树，寿命多在百岁以外。银杏二株，特别高大，有擎云攫日之势，据说是元明两代的遗物，真可说是树木中的老寿星了。

去天泉寺，过佛堂岭下，佛堂在武康西四十余里，也是"风景这边独好"的所在。据前人游记中说："乱石排山而下，或散如羊，或突如豕，或蹲如虎，或狎浪如巨鳖。中有一石，横波独出，似蟠溪老翁垂钓处，下视细鳞来往，未可思议。"我们在这里流连了一会，重又上路，中午到和睦桥边，桥下有清溪怪石，很可爱玩，如果把它缩小，倒是山水盆景的精品。溪边有石平圆可坐，倒像是大鼋伏在水中，而那隆起的背部却暴露在水面上似的。我们就在这石上团坐进食，小憩片刻。

我们吃吃喝喝，说说笑笑，盘桓了好久，才商量作归计。归途经过葛岭，听说附近有和尚石瀑布，可以一看，于是跨涧度石，络绎上山。一会儿就到了和尚石前，见有石壁高耸，约十余丈，壁顶有小坳，宽不过一尺上下，瀑布就从这上面汩汩地泻下来，气魄不大，比不上剑池、碧坞。小立片刻，山雨欲来，就匆匆下山，过后坞，到香水岭下。这里有寺，就叫香水寺，有井，就叫做香水井，井水清冽，可作饮料。井上有碑，大书"香水古井，道光二十一年三月立"十三字，我们并没喝水，不知香水毕竟香不香啊？据《莫干山志》说，香水岭一名相思岭，岭号相思，也许这里有什么桃色的故事吧？去香水岭，过庙前、梅皋坞以至上横，回到客馆时，夕阳还没有下山哩。水竹清华，是莫干山的特色。我们在山十二天，天天在水光竹影中度过，吸收着天地间清淑之气，也就享尽了避暑的清福。回下山来时，顿觉走进了另一个世界，重又沾染上红尘十丈了。

一九六二年七月改写

天山行色 [1]

汪曾祺

行色匆匆

——常语

南山塔松

所谓南山者，是一片塔松林。

乌鲁木齐附近，可游之处有二，一为南山，一为天池。凡到乌鲁木齐者，无不往。

南山是天山的边缘，还不是腹地。南山是牧区。汽车渐入南山境，已经看到牧区景象。两旁的山起伏连绵，山势皆平缓，望之浑然，遍山长着茸茸的细草。去年雪不大，草很短。老远就看到山间错错落落，一丛一丛的塔松，黑黑的。

---

[1] 本文为节选。

汽车路尽，舍车从山涧两边的石径向上走，进入松林深处。

塔松极干净，叶片片如新拭，无一枯枝，颜色蓝绿。空气也极干净。我们藉草倚树吃西瓜，起身时衣裤上都沾了松脂。

新疆雨量很少，空气很干燥，南山雨稍多，本地人说："一块帽子大的云也能下一阵雨。"然而也不过只是帽子大的云的那么一点雨耳，南山也还是干燥的。然而一棵一棵塔松密密地长起来了，就靠了去年的雪和那么一点雨。塔松林中草很丰盛，花很多，树下可以捡到蘑菇。蘑菇大如掌，洁白细嫩。

塔松带来了湿润，带来了一片雨意。

树是雨。

南山之胜处为杨树沟、菊花台，皆未往。

天池雪水

一位维吾尔族的青年油画家（他看来很有才气）告诉我：天池是不能画的，太蓝，太绿，画出来像是假的。

天池在博格达雪山下。博格达山终年用它的晶莹洁白吸引着乌鲁木齐人的眼睛。博格达是乌鲁木齐的标志，乌鲁木齐的许多轻工业产品都用博格达山做商标。

汽车出乌鲁木齐，驰过荒凉苍茫的戈壁滩，驰向天池。我恍惚觉得不是身在新疆，而是在南方的什么地方。庄稼长得非常壮大茁实，油绿油绿的，看了教人身心舒畅。路旁的房屋也都干净整齐。行人的气色也很好，全都显出欣慰和满足。黄发垂髫，并怡然自得。有一个地方，一片极大的坪场，长了一片极大的榆树林。榆树皆数百年物，有些得两三个人才抱得过来。树皆健旺，无衰老态。树下悠然地走着牛犊。新疆山风化层厚，少露石骨。有一处，悬崖壁立，石骨尽露，石质坚硬而有光泽，黑如精铁，石缝间长出大树，树荫下覆，纤藤细草，蒙翳披纷，石壁下是一条湍急而清亮的河水……这不像是新疆，好像是四川的峨眉山。

到小天池（谁编出来的，说这是王母娘娘洗脚的地方，真是煞风景！）小憩，在崖下池边站了一会，赶快就上来了：水边凉气逼人。

到了天池，嗬！那位维吾尔族画家说得真是不错。有人脱口说了一句："春水碧于蓝。"

天池的水，碧蓝碧蓝的。上面，稍远处，是雪白的雪山。对面的山上密密匝匝地布满了塔松——塔松即云杉，长得非常整齐，一排一排的，一棵一棵挨着，依山而上，显得是人工布置的。池水极平静，塔松、雪山和天上的云影倒映在池水当中，一丝不爽。我觉得这不像在中国，好像是在瑞士的风景明信片上见过的景色。

或说天池是火山口——中国的好些天池都是火山口，自春至夏，博格达山积雪溶化，流注其中，终年盈满，水深不可测。天池雪水流下山，流域颇广。凡雪水流经处，皆草木华滋，人畜两旺。作《天池雪水歌》：

> 明月照天山，雪峰淡淡蓝。
>
> 春暖雪化水流澌，流入深谷为天池。
>
> 天池水如孔雀绿，水中森森万松覆。

有时倒映雪山影，雪山倒影明如玉。

天池雪水下山来，快笑高歌不复回。

下山水如蓝玛瑙，卷沫喷花斗奇巧。

雪水流处长榆树，风吹白杨绿火炬。

雪水流处有人家，白白红红大丽花。

雪水流处小麦熟，新面打馕烤羊肉。

雪水流经山北麓，长宜子孙聚国族。

天池雪水深几许？储量恰当一年雨。

我从燕山向天山，曾度苍茫戈壁滩。

万里西来终不悔，待饮天池一杯水。

天　山

天山大气磅礴，大刀阔斧，一个国画家到新疆来画天山，可以说是毫无办法。所有一切皴法，大小斧劈、披麻、解索、牛毛、豆瓣，统统用不上。天山风化层很厚，石骨深藏在砂砾泥土之中，表面平平浑浑，不见棱角。一个大山头，只有阴阳明暗几个面，没有任何琐碎的笔触。

天山无奇峰，无陡壁悬崖，无流泉瀑布，无亭台楼阁，而且没有一棵树——树都在"山里"。画国画者以树为山之目，天山无树，就是一大片一大片紫褐色的光秃秃的裸露的干山，国画家没辙了！

自乌鲁木齐至伊犁，无处不见天山。天山绵延不绝，无尽无休，其长不知几千里也。

天山是雄伟的。

早发乌苏望天山

苍苍浮紫气，天山真雄伟。

陵谷分阴阳，不假皴擦美。

初阳照积雪，色如胭脂水。

往霍尔果斯途中望天山

天山在天上，没在白云间。

色与云相似，微露数峰巅。

只从蓝襞褶，遥知这是山。

伊犁闻鸠

到伊犁，行装甫卸，正洗着脸，听见斑鸠叫：

"鹁鸪鸪——咕，

"鹁鸪鸪——咕……"

这引动了我的一点乡情。

我有很多年没有听见斑鸠叫了。

我的家乡是有很多斑鸠的。我家的荒废的后园的一棵树上，住着一对斑鸠。"天将雨，鸠唤妇"，到了浓阴将雨的天气，就听见斑鸠叫，叫得很急切：

"鹁鸪鸪，鹁鸪鸪，鹁鸪鸪……"

斑鸠在叫他的媳妇哩。

到了积雨将晴，又听见斑鸠叫，叫得很懒散：

"鹁鸪鸪——咕！鹁鸪鸪——咕！"

单声叫雨，双声叫晴。这是双声，是斑鸠的媳妇回来啦。"——咕"，这是媳妇在应答。

是不是这样呢？我一直没有踏着挂着雨珠的青草去循声观察过。然而凭着鸠声的单双以占阴晴，似乎很灵验。我小时常常在将雨或将晴的天气里，谛听着鸠鸣，心里又快乐又忧愁，凄凄凉凉的，凄凉得那么甜美。

我的童年的鸠声啊。

昆明似乎应该有斑鸠，然而我没有听鸠的印象。

上海没有斑鸠。

我在北京住了多年，没有听过斑鸠叫。

张家口没有斑鸠。

我在伊犁，在祖国的西北边疆，听见斑鸠叫了。

"鹁鸪鸪——咕，

"鹁鸪鸪——咕……"

伊犁的鸠声似乎比我的故乡的要低沉一些，苍老一些。

有鸠声处，必多雨，且多大树。鸣鸠多藏于深树间。伊犁多雨。伊犁在全新疆是少有的雨多的地方。伊犁的树很多。我所住的伊犁宾馆，原是苏联领事馆，大树很多，青皮杨多合抱者。

伊犁很美。

洪亮吉《伊犁记事诗》云：

鹁鸪啼处却春风，

宛与江南气候同。

注意到伊犁的鸠声的，不是我一个人。

苏公塔

苏公塔在吐鲁番。吐鲁番地远，外省人很少到过，故不为人所知。苏公塔，塔也，但不是平常的塔。苏公塔是伊斯兰教的塔，不是佛塔。

据说，像苏公塔这样的结构的塔，中国共有两座，另一座在南京。

塔不分层。看不到石基木料。塔心是一砖砌的中心支柱。支柱周围有盘道，逐级盘旋而上，直至塔顶。外壳是一个巨大的圆柱，下丰上锐，拱顶。这个大圆柱是砖砌的，用结实的方砖砌出凹凸不同的中亚风格的几何图案，没有任何增饰。砖是青砖，外面涂了一层黄土，呈浅土黄色。这种黄土，本地所产，取之不尽。土质细腻，无杂质，富黏性。吐鲁番不下雨，塔上涂刷的土浆没有被冲刷的痕迹。二百余年，完好如新。塔高约相当于十层楼，朴素而不简陋，精巧而不繁琐。这样一个浅土黄色的，滚圆的巨柱，拔地而起，直向天空，安静肃穆，准确地表达了穆斯林的虔诚和信念。

塔旁为一礼拜寺，颇宏伟，大厅可容千人，但外表极朴素，土筑、平顶。这座礼拜寺的构思是费过斟酌的。不敢高，不与塔争势；不欲过卑，因为这是做礼拜的场所。整个建筑全由平行线和垂直线构成，无弧线，无波纹起伏，亦呈浅土黄色。

圆柱形的苏公塔和方正的礼拜寺造成极为鲜明的对比，而又非常协调。苏公塔追求的是单纯。

令人钦佩的是造塔的匠师把蓝天也设计了进去。单纯的，对比着而又协调着的浅土黄色的建筑，后面是吐鲁番盆地特有的明净无滓湛蓝湛蓝的天宇，真是太美了。没有蓝天，衬不出这种浅土黄色是多么美。一个有头脑的，聪明的匠师！

苏公塔亦称额敏塔。造塔的由来有两种说法。塔的进口处有一块碑，一半是汉字，一半是维文。汉字的说塔是额敏造的。额敏和硕，因助清高宗平定准噶尔有功，受封为郡王。碑文有感念清朝皇帝的意思，碑首冠以"大清乾隆"，自称"皇帝旧仆"。维文的则说这是额敏的长子苏来满造，为了向安拉祈福。不知道为什么会有这样两种不同的说法。由来不同，塔名亦异。

大戈壁·火焰山·葡萄沟

从乌鲁木齐到吐鲁番，要经过一片很大的戈壁滩。这是典型的大戈壁，寸草不生。没有任何生物。我经过别处的戈壁，总还有点芨芨草、梭梭、红柳，偶尔有一两棵曼陀罗开着白花，有几只像黑漆涂出来的乌鸦。这里什么都没有。没有飞鸟的影子，没有虫声，连苔藓的痕迹都没有。就是一片大平地，平极了。地面都是砾石。都差不多大，好像是筛选过的。有黑的、有白的。铺得很均匀。远看像铺了一地炉灰渣子。一望无际。真是荒凉。太古洪荒。真像是到了一个什么别的星球上。

我们的汽车以每小时八十公里的速度在平坦的柏油路上奔驰，我觉得汽车像一只快艇飞驶在海上。

戈壁上时常见到幻影。远看一片湖泊，清清楚楚。走近了，什么也没有。幻影曾经欺骗了很多干渴的旅人。幻影不难碰到，我们一路见到多次。

人怎么能通过这样的地方呢？他们为什么要通过这样的地方？他们要去干什么？

不能不想起张骞，想起班超，想起玄奘法师。这都是了不起的人……

快到吐鲁番了，已经看到坎儿井。坎儿井像一溜一溜巨大的蚁垤。下面，是暗渠，流着从天山引下来的雪水。这些大蚁垤是挖渠掏出的砾石堆。现在有了水泥管道，有些坎儿井已经废弃了，有些还在用着。总有一天，它们都会成为古迹的。但是不管到什么时候，看到这些巨大的蚁垤，想到人能够从这样的大戈壁下面，把水引了过来，还是会起历史的庄严感和悲壮感的。

到了吐鲁番，看到房屋、市街、树木，加上天气特殊的干热，人昏昏的，有点像做梦。有点不相信我们是从那样荒凉的戈壁滩上走过来的。

吐鲁番是一个著名的绿洲。绿洲是什么意思呢？我从小就在诗歌里知道绿洲，以为只是有水草树木的地方。而且既名为洲，想必很小。不对。绿洲很大。绿洲是人所居住的地方。绿洲意味着人的生活，人的勤劳，人的生老病死，喜怒哀乐，人的文明。

一出吐鲁番，南面便是火焰山。

又是戈壁。下面是苍茫的戈壁，前面是通红的火焰山。靠近火焰山时，发现戈壁上长了一丛丛翠绿翠绿的梭梭。这样一个无雨的、酷热的戈壁上怎么会长出梭梭来呢？而且是那样的绿！不知它是本来就是这样绿，还是通红的山把它衬得更绿了。大概在干旱的戈壁上，凡能发绿的植物，都馨其全生命，拼命地绿。这一丛一丛的翠绿，是一声一声胜利的呼喊。

火焰山，前人记载，都说它颜色赤红如火。不止此也。整个山像一场正在延烧的大火。凡火之颜色、形态无不具。有些地方如火方炽，火苗高蹿，颜色正红。有些地方已经烧成白热，火头旋拧如波涛。有一处火头得了风，火借风势，呼啸而起，横扯成了一条很长的火带，颜色微黄。有几处，下面的小火为上面的大火所逼，带着烟沫气流，倒溢而出。有几个小山叉，褶缝间黑黑的，分明是残火将熄的烟炱……

火焰山真是一个奇观。

火焰山大概是风造成的，山的石质本是红的，表面风化，成为细细的红沙。风于是在这些疏松的沙土上雕镂搜剔，刻出了一场热热烘烘、刮刮杂杂的大火。风是个大手笔。火焰山下极热，盛夏地表温度至七十多度。

火焰山下，大戈壁上，有一条山沟，长十余里，沟中有一条从天山流下来的河，河两岸，除了石榴、无花果、棉花、一般的庄稼，种的都是葡萄，是为葡萄沟。

葡萄沟里到处是晾葡萄干的荫房。——葡萄干是晾出来的，不是晒出来的。四方的土房子，四面都用土墼砌出透空的花墙。无核白葡萄就一长串一长串地挂在里面，尽吐鲁番特有的干燥的热风，把它吹上四十天，就成了葡萄干，运到北京、上海、外国。

吐鲁番的葡萄全国第一，各样品种无不极甜，而且皮很薄，入口即化。吐鲁番人吃葡萄都不吐皮，因为无皮可吐。——不但不吐皮，连核也一同吃下，他们认为葡萄核是好东西。北京绕口令曰，"吃葡萄不吐葡萄皮儿"，未免少见多怪。

一九八二年九月二十二日起手写于兰州，
十月七日北京写讫。

泰山极顶

杨　朔

泰山极顶看日出历来被描绘成十分壮观的奇景。有人说：登泰山而看不到日出，就像一出大戏没有戏眼，味儿终究有点寡淡。

我去爬山那天，正赶上个难得的好天，万里长空，云彩丝儿都不见，素常烟雾腾腾的山头，显得眉目分明。同伴们都欣喜地说："明儿早晨准可以看见日出了。"我也是抱着这种想头，爬上山去。

一路上从山脚往上爬，细看山景，我觉得挂在眼前的不是五岳独尊的泰山，却像一幅规划惊人的青绿山水画，从下面倒展开来。最先露出在画卷的是山根底那座明朝建筑岱宗坊，慢慢地便现出王母池、斗母宫、经石峪……山是一层比一层深，一叠比一叠奇，层层叠叠，不知还会有多深多奇。万山丛中，时而点染着极其工细的人物。王母池旁边吕祖殿里有不少尊明塑，塑着吕洞宾等一些人，姿态神情是那样有生气，你看了，不禁会脱口赞叹说："活啦。"

画卷继续展开，绿荫森森的柏洞露面不太久，便来到对松山。两面奇峰对峙着，满山峰都是奇形怪状的老松，年纪怕不有个千儿八百年，颜色竟那么浓，浓得好像要流下来似的。来到这儿你不妨权当一次画里的写意人物，坐在路旁的对松亭里，看看山色，听听流水和松涛。也许你会同意乾隆题的"岱宗最佳处"的句子。且慢，不如继续往上看的为是……

一时间，我又觉得自己不仅是在看画卷，却又像是在零零乱乱翻动着一卷历史稿本。在山下岱庙里，我曾经抚摸过秦朝李斯小篆的残碑。上得山来，又在"孔子登临处"立过脚，秦始皇封的五大夫松下喝过茶，还看过汉枚乘称道的"泰山穿雷石"，相传是晋朝王羲之或者陶渊明写的斗大的楷书金刚经的石刻。将要看见的唐代在大观峰峭壁上刻的《纪泰山铭》自然是珍品，宋元明清历代的遗迹更像奇花异草一样，到处点缀着这座名山。一恍惚，我觉得中国历史的影子仿佛从我眼前飘忽而过。你如果想捉住点历史的影子，尽可以在朝阳洞那家茶店里挑选几件泰山石刻的拓片。除此而外，还可以买到泰山出产的杏叶参、何首乌、黄精、紫草一类名贵药材。我们在这里泡了壶山茶喝，坐着歇乏，看见一堆孩子围着群小鸡，正喂蚂蚱给小鸡吃。小鸡的毛色都发灰，不像平时看见的那样。一问，卖茶的妇女搭言说："是俺孩子他爹上山挖药材，拣回来的一窝小山鸡。"怪不得呢，有两只小山鸡争着饮水，蹬翻了水碗。往青石板上一跑，满石板印着许多小小的"个"字，我不觉望着深山里这户孤零零的人家想："山下正闹大集体，他们还过着这种单个的生活，未免太与世隔绝了吧？"

从朝阳洞再往上爬，渐渐接近十八盘，山路越来越险，累得人发喘。这时我既无心思看画，又无心思翻历史，只觉得像在登天。历来人们也确实把爬泰山看做登天。不信你回头看看来路，就有云步桥、一天门、中天门一类上天的云路。现时悬在我头顶上的正是南天门。幸好还有石蹬造成的天梯。顺着天梯慢慢爬，爬几步，歇一歇，累得腰酸腿软，浑身冒汗。忽然有一阵仙风从空中吹来，扑到脸上，顿时觉得浑身上下清爽异常。原来我已经爬上南天门，走上天街。

黄昏早已落到天街上，处处飘散着不知名儿的花草香味。风一吹，朵朵白云从我身边飘浮过去，眼前的景物渐渐都躲到夜色里去。我们在青帝宫寻到个宿处，早早睡下，但愿明天早晨能看到日出。可是急人得很，山头上忽然漫起好大的云雾，又浓又湿，悄悄挤进门缝来，落到枕头边上，我还听见零零星星的几滴雨声。我有点焦虑，一位同伴说："不要紧。山上的气候一时晴，一时阴，变化大得很，说不定明儿早晨是个好天，你等着看日出吧。"

等到明儿早晨，山头上的云雾果然消散，只是天空阴沉沉的，谁知道会不会忽然间晴朗起来呢？不管怎样，我们还是冒着早凉，一直爬到玉皇顶，这儿便是泰山的极顶。

一位须髯飘飘的老道人陪我们立在泰山极顶上，指点着远近风景给我们看，最后带着惋惜的口气说："可惜天气不佳，恐怕你们看不见日出了。"

我的心却变得异常晴朗，一点也没有惋惜的情绪，我沉思地望着极远极远的地方，我望见一幅无比壮丽的奇景。瞧那莽莽苍苍的齐鲁大原野，多有气魄。过去，农民各自摆弄着一块地，弄得祖国的原野是老和尚的百衲衣，零零碎碎的，不知有多少小方块堆积在一起。眼前呢，好一片大田野，全联到一起，就像公社农民联的一样密切。麦子刚刚熟，南风吹动处，麦流一起一伏，仿佛大地也漾起绸缎一般的锦纹。再瞧那渺渺茫茫的天边，扬起一带烟尘。那不是什么"齐烟九点"，同伴告诉我说那也许是炼铁厂。铁厂也好，钢厂也好，或者是别的什么工厂也好，反正那里有千千万万只精巧坚强的手，正配合着全国人民一致的节奏，用钢铁铸造着祖国的江山。

你再瞧，那在天边隐约闪亮的不就是黄河，那在山脚缠绕不断的自然是汶河。那拱卫在泰山膝盖下的无数小馒头却是徂徕山等许多著名的山岭。那黄河和汶河又恰似两条飘舞的彩绸，正有两只看不见的大手在耍着，那连绵不断的大小山岭却又像许多条龙灯，一齐滚舞——整个山河都在欢腾着啊。

如果说泰山是一大幅徐徐展开的青绿山水画，那么现在我才算出翻到我们民族真正宏伟的创业史。

我正在静观默想，那个老道人客气地赔着不是，说是别的道士都下山割麦子去了，剩他自己，也顾不上烧水给我们喝。我问他给谁割麦子，老道人说："公社啊。你别看山上东一户，西一户，也都组织到公社里去了。"我记起自己对朝阳洞那家茶店的想法，不觉有点内愧。

有的同伴认为没能看见日出，始终有点美中不足。同志，你还有什么不满意的？其实我们分明看见另一场更加辉煌的日出。这轮晓日从我们民族历史的地平线上一跃而出，闪射着万道红光，照临到这个世界上。

伟大而光明的祖国啊，愿您永远"如日之升"！

一九五九年

采山的人们

迟子建

山在我眼中就是一个大的果品店，你想啊，春天的时候，你最早能从那吃到碧蓝甘甜的羊奶子果，接着，香气蓬勃的草莓就羞红着脸在林间草地上等着你摘取了。草莓刚落，阴沟里匍匐着的水葡萄的甜香气就飘了出来，你当然要奔着这股气息去了。等这股气息随风而逝，你也不必惆怅，因为都柿、山丁子和稠李子络绎不绝地登场了，你就尽情享受野果的美味吧。

除了野果，山中还有各色菜蔬可供食用，比如品种繁多的野菜呀，木耳和蘑菇呀，让人觉得山不仅是个大的果品店，还是一个蔬菜铺子。但只要你稍稍再想一想，就知道它不单单是果品店和蔬菜铺子了，你若在山中套了兔子，打了野鸡和飞龙，晚餐桌上有了红烧野兔和一道鲜亮的飞龙汤，山可不就是个肉食店吗！

如果这样推理下去的话，也可以把山说成一个饮品店，桦树汁和淙淙的泉水可以立刻为你驱除暑热，带来清凉；而且野刺玫和金莲花的花瓣又可以当茶来饮用。不过，在那些勤劳、朴素的人心目中，山也许只是一个杂货铺子，桌子的腿折了，可以进出找一根木头回来，用工具把它修理成桌腿的形状；秋季腌酸菜时找不到压酸菜的石头了，就可以去山中的河流旁扛回一块。而山在那些采药材的人心目中又会是什么样子呢？定是个中药铺子无疑！

山真的是无奇不有，无所不能。我们那些居住在山里的人家，自然就过着靠山吃山的日子。没有采过山的人几乎是不存在的。而由于我自幼就是个饕餮之徒，所以我进山采的都是与吃有关的东西。

野果中，最令人陶醉的就是草莓了。它的甜香气像动人的音乐一样，能传播到很远很远的地方。有时候闻着它，比吃它还要美妙，所以常常是采了草莓果归来，会用线绳绑上一绺，吊到窗棂上，让它散播香气。只一天的工夫，满屋子就都是它的气息了。

我记忆最深的野果，是都柿，它可以当酒来吃。都柿是一种最常见的浆果，它们喜欢生长在林间的矮树丛中，而且向阳山坡上的比背阴山坡上的要广泛。都柿秧都是矮株的，一尺那算是高的了，通常的只有筷子那般高，它们春天开粉色或者白色的小花，花谢便坐果，果实先是青的，像一颗颗的绿豆。随着阳光照临次数的增多和暖风持续的吹拂，都柿渐渐地长成芸豆那么大，并且改变了颜色，穿上了一身蓝紫色的衣衫，看上去气质不俗。这果实一进夏天就可吃，不过有点酸，到了晚夏时节，它就分外甘甜了。它的浆汁可以染蓝你的嘴唇。而且，它是浆果中唯一能把人醉倒的，你吃上一捧、两捧甚至是一碗也许还心明眼亮的，但如果你一连气吃了两三海碗的话，你就眯着眼打盹，等着见周公去吧。有一回我和几个小伙伴去山中采都柿，我挎了一只韦得罗，我们很幸运地找到了一片都柿甸子，都柿稠密不说，品质也上乘，又大又甜，我一边往韦得罗里采，一边往自己的口中采，等韦得罗满了的时候，我已吃花了眼。但见那片都柿还有许多未被摘取的沉甸甸地压在枝头，它们一个个眼儿妩媚地多情地望着我，似乎在等待亲吻。没有器皿再盛它们了，干脆就把自己的肚子当韦得罗算了，我坐在都柿甸中，美美地吃了起来，直吃得舌头麻木了，目光发飘了，小伙伴吆喝我该出山回家了，这才罢休。由于吃醉了，我步态飘摇，挎着的韦得罗就像只魔术盒子一样，在我眼前一会儿发出蓝色的幽光，一会儿又发出玫瑰色的柔光，再一会儿呢，发出的是银白色的冷光。我像傻瓜一样嘻嘻乐着，被都柿的魔法给彻底击中了。我还记得好不容易上了公路，太阳已经西沉了，我觉得自己是踩着一条金光大道回家，很得意。在路口迎候着我的家人，远远看见了我蛇行的步态，知道我是吃醉了，而我迷离恍惚的样子遭到了同伴的耻笑。

采山也不总是浪漫的。比如有人采都柿时招上了草爬子，就很倒霉。草爬子专往人的软组织里叮，而且有一些是有毒的，能置人于死地。你采山归来，若是觉得腋窝和腿窝发痒，就绝对不能掉以轻心了，要赶紧脱光了衣服仔细检查，否则它会钻进你的皮肉中去。我就见邻居的一位大娘让草爬子给叮在了腋窝的地方，她抬着胳膊，她的家人擎着油灯照着亮儿，用烟头烧那只已把触角探进皮肉中去的草爬子。我发现一些坏东西很怕火，比如狼，比如草爬子，怪不得传说中做坏事的人死后要下地狱，原来地狱中也是有火的啊。

当然，被草爬子和蛇袭击的毕竟是少数，而且你可以在上山前采取预防措施，如将裤腿和袖管系牢，让它们无孔而入，所以不必在采山时过分提心吊胆。当然，也有人在采山时出了大事故的。比如一个姓周的年轻男人，他采木耳时遇见了熊，尽管他聪明地躺下来装死，爱吃活物的熊丧失了吃他的欲望，但它还是在离开前拍了他的脸一下，大约是与他做遗憾的告别吧。熊掌可非人掌，这一巴掌拍下去，姓周的半边脸就没了，他丢了魂魄不说，还丢了半边脸和姓名，从此大家都叫他周大疤瘌，因为他痊愈后凹陷的那半边脸满是疤痕。

还有一个采山人是不能不说的，她姓什么，我们并不知道，她丈夫姓王，大家就叫她老王婆子。她个子矮矮的，扁平脸，小眼睛，大嘴，罗圈腿，走路一拐一拐的，屁股大如磨盘，你若是走在她背后，等于看一头跛足的驴拖着磨盘在行走。老王婆子平素不爱与人往来，不是待在她家的屋子里，就是劳作在菜园。她是个山里通，知道什么节气长什么，更知道山货都生长在什么地方。她采山，永远都是单枪匹马的。她采木耳最拿手，只要是阴雨连绵了两三天，一晴了天，她就进山了。谁也不知她去哪里了，可她晚上总是满载而归，颤颤巍巍的肥厚的黑木耳能晒满房盖，让过路者垂涎欲滴、羡慕不已。不过你要是打探她在哪儿采回来的，她总是很冷淡地说"山里"，她说得也没错，但其实等于白说。曾经有人悄悄在她采山时尾随到她身后，可她进山后总是能巧妙地把他们给摆脱了，那些宝贝山货的栖息之地成了永远的谜。为了这，她在我们那个小镇的名声和人缘都不好。老王婆子的命运最后也是悲惨的，她未到老年就得了半身不遂，瘫倒在炕上，再也无法采山去了。很多人解气地说，这是报应，让最能采山的自私的人进不了山，她等于是看着金山，却无法把它揣在怀里，那种凄凉和痛苦可想而知了。

关于采山人的故事还有很多，比如各自都有家室的男女互相看上了，在小镇里没机会成就好事，就借着采山的由头，去绿树清风中偷情，被人给撞见；再比如一个受婆婆欺负的小媳妇不敢在家中发泄不满，上山后择一个无人的地方，就是一通哀哀的哭，让听到的人以为鬼在嚎；再比如采山人迷了山，两天两夜下不来山，他的家人就组织亲戚举着火把上山寻找，而迷山的人呢，他却迷在离村落不足一里的地方，如同被灌了迷魂汤，就是分不清东南西北了，成为大家的笑料。那些老一辈的采山人，大都已经故去了。他们被埋在他们采山经过的地方，守着山，就像守着他们的家一样。

河

桨声灯影里的秦淮河

朱自清

一九二三年八月的一晚，我和平伯同游秦淮河；平伯是初泛，我是重来了。我们雇了一只"七板子"，在夕阳已去，皎月方来的时候，便下了船。于是桨声汩——汩，我们开始领略那晃荡着蔷薇色的历史的秦淮河的滋味了。

秦淮河里的船，比北京万牲园，颐和园的船好，比西湖的船好，比扬州瘦西湖的船也好。这几处的船不是觉着笨，就是觉着简陋，局促；都不能引起乘客们的情韵，如秦淮河的船一样。秦淮河的船约略可分为两种：一是大船；一是小船，就是所谓"七板子"。大船舱口阔大，可容二三十人。里面陈设着字画和光洁的红木家具，桌上一律嵌着冰凉的大理石面。窗格雕镂颇细，使人起柔腻之感。窗格里映着红色蓝色的玻璃；玻璃上有精致的花纹，也颇悦人目。"七板子"规模虽不及大船，但那淡蓝色的栏杆，空敞的舱，也足系人情思。而最出色处却在它的舱前。舱前是甲板上的一部，上面有弧形的顶，两边用疏疏的栏杆支着。里面通常放着两张藤的躺椅。躺下，可以谈天，可以望远，可以顾盼两岸的河房。大船上也有这个，但在小船上更觉清隽罢了。舱前的顶下，一律悬着灯彩；灯的多少，明暗，彩苏的精粗，艳晦，是不一的，但好歹总还你一个灯彩。这灯彩实在是最能钩人的东西。夜幕垂垂地下来时，大小船上都点起灯火。从两重玻璃里映出那辐射着的黄黄的散光，反晕出一片朦胧的烟霭；透过这烟霭，在黯黯的水波里，又逗起缕缕的明漪。在这薄霭和微漪里，听着那悠然的间歇的桨声，谁能不被引入他的美梦去呢？只愁梦太多了，这些大小船儿如何载得起呀？我们这时模模糊糊的谈着明末的秦淮河的艳迹，如《桃花扇》及《板桥杂记》里所载的。我们真神往了。我们仿佛亲见那时华灯映水，画舫凌波的光景了。于是我们的船便成了历史的重载了。我们终于恍然秦淮河的船所以雅丽过于他处，而又有奇异的吸引力的，实在是许多历史的影象使然了。

秦淮河的水是碧阴阴的；看起来厚而不腻，或者是六朝金粉所凝么？我们初上船的时候，天色还未断黑，那漾漾的柔波是这样恬静，委婉，使我们一面有水阔天空之想，一面又憧憬着纸醉金迷之境了。等到灯火明时，阴阴的变为沉沉了：黯淡的水光，像梦一般；那偶然闪烁着的光芒，就是梦的眼睛了。我们坐在舱前，因了那隆起的顶棚，仿佛总是昂着首向前走着似的；于是飘飘然如御风而行的我们，看着那些自在的湾泊着的船，船里走马灯般的人物，便像是下界一般，迢迢的远了，又像在雾里看花，尽朦朦胧胧的。这时我们已过了利涉桥，望见东关头了。沿路听见断续的歌声：有从沿河的妓楼飘来的，有从河上船里渡来的。我们明知那些歌声，只是些因袭的言词，从生涩的歌喉里机械的发出来的；但它们经了夏夜的微风的吹漾和水波的摇拂，袅娜着到我们耳边的时候，已经不单是她们的歌声，而混着微风和河水的密语了。于是我们不得不被牵惹着，震撼着，相与浮沉于这歌声里了。从东关头转湾，不久就到大中桥。大中桥共有三个桥拱，都很阔大，俨然是三座门儿；使我们觉得我们的船和船里的我们，在桥下过去时，真是太无颜色了。桥砖是深褐色，表明它的历史的长久；但都完好无缺，令人太息于古昔工程的坚美。桥上两旁都是木壁的房子，中间应该有街路？这些房子都破旧了，多年烟熏的迹，遮没了当年的美丽。我想象秦淮河的极盛时，在这样宏阔的桥上，特地盖了房子，必然是髹漆得富富丽丽的；晚间必然是灯火通明的，现在却只剩下一片黑沉沉！但是桥上造着房子，毕竟使我们多少可以想见往日的繁华；这也慰情聊胜于无了。过了大中桥，便到了灯月交辉，笙歌彻夜的秦淮河，这才是秦淮河的真面目哩。

大中桥外，顿然空阔，和桥内两岸排着密密的人家的景象大异了。一眼望去，疏疏的林，淡淡的月，衬着蔚蓝的天，颇像荒江野渡光景；那边呢，郁葱葱的，阴森森的，又似乎藏着无边的黑暗：令人几乎不信那是繁华的秦淮河了。但是河中眩晕着的灯光，纵横着的画舫，悠扬着的笛韵，夹着那吱吱的胡琴声，终于使我们认识绿如茵陈酒的秦淮水了。此地天裸露着的多些，故觉夜来的独迟些；从清清的水影里，我们感到的只是薄薄的夜——这正是秦淮河的夜。大中桥外，本来还有一座复成桥，是船夫口中的我们的游迹尽处，或也是秦淮河繁华的尽处了。我的脚曾踏过复成桥的脊，在十三四岁的时候。但是两次游秦淮河，却都不曾见着复成桥的面；明知总在前途的，却常觉得有些虚无缥缈似的。我想，不见倒也好。这时正是盛夏。我们下船后，借着新生的晚凉和河上的微风，暑气已渐渐消散；到了此地，豁然开朗，身子顿然轻了——习习的清风荏苒在面上，手上，衣上，这便又感到了一缕新凉了。南京的日光，大概没有杭州猛烈；西湖的夏夜老是热蓬蓬的，水像沸着一般，秦淮河的水却尽是这样冷冷地绿着。任你人影的憧憧，歌声的扰扰，总像隔着一层薄薄的绿纱面幂似的；它尽是这样静静的，冷冷的绿着。我们出了大中桥，走不上半里路，船夫便将船划到一旁，停了桨由它宕着。他以为那里正是繁华的极点，再过去就是荒凉了；所以让我们多多赏鉴一会儿。他自己却静静的蹲着。他是看惯这光景的了，大约只是一个无可无不可。这无可无不可，无论是升的沉的，总之，都比我们高了。

那时河里热闹极了；船大半泊着，小半在水上穿梭似的来往。停泊着的都在近市的那一边，我们的船自然也夹在其中。因为这边略略的挤，便觉得那边十分的疏了。在每一只船从那边过去时，我们能画出它的轻轻的影和曲曲的波，在我们的心上；这显着是空，且显着是静了。那时处处都是歌声和凄厉的胡琴声，圆润的喉咙，确乎是很少的。但那生涩的，尖脆的调子能使人有少年的，粗率不拘的感觉，也正可快我们的意。况且多少隔开些儿听着，因为想象与渴慕的做美，总觉更有滋味；而竞发的喧嚣，抑扬的不齐，远近的杂沓，和乐器的嘈嘈切切，合成另一意味的谐音，也使我们无所适从，如随着大风而走，这实在因为我们的心枯涩久了，变为脆弱；故偶然润泽一下，便疯狂似的不能自主了。但秦淮河确也腻人。即如船里的人面，无论是和我们一堆儿泊着的，无论是从我们眼前过去的，总是模模糊糊的，甚至渺渺茫茫的；任你张圆了眼睛，揩净了眦垢，也是枉然。这真够人想呢。在我们停泊的地方，灯光原是纷然的；不过这些灯光都是黄而有晕的。黄已经不能明了，再加上了晕，便更不成了。灯愈多，晕就愈甚；在繁星般的黄的交错里，秦淮河仿佛笼上了一团光雾。光芒与雾气腾腾的晕着，什么都只剩了轮廓了；所以人面的详细的曲线，便消失于我们的眼底。但灯光究竟夺不了那边的月色；灯光是浑的，月色是清的。在浑沌的灯光里，渗入一派清辉，却真是奇迹！那晚月儿已瘦削了两三分。她晚妆才罢，盈盈的上了柳梢头。天是蓝得可爱，仿佛一汪水似的；月儿便更出落得精神了。岸上原有三株两株的垂杨树，淡淡的影子，在水里摇曳着。它们那柔细的枝条浴着月光，就像一只只美人的臂膊，交互的缠着，挽着；又像是月儿披着的发。而月儿偶尔也从它们的交叉处偷偷窥看我们，大有小姑娘怕羞的样子。岸上另有几株不知名的老树，光光的立着；在月光里照起来，却又俨然是精神矍铄的老人。远处——快到天际线了，才有一两片白云，亮得现出异彩，像是美丽的贝壳一般。白云下便是黑黑的一带轮廓；是一条随意画的不规则的曲线。这一段光景，和河中的风味大异了。但灯与月竟能并存着，交融着，使月成了缠绵的月，灯射着渺渺的灵辉，这正是天之所以厚秦淮河，也正是天之所以厚我们了。

这时却遇着了难解的纠纷。秦淮河上原有一种歌妓，是以歌为业的。从前都在茶舫上，唱些大曲之类。每日午后一时起，什么时候止，却忘记了。晚上照样也有一回，也在黄晕的灯光里。我从前过南京时，曾随着朋友去听过两次。因为茶舫里的人脸太多了，觉得不大适意，终于听不出所以然。前年听说歌妓被取缔了，不知怎的，颇设想了几次——却想不出什么。这次到南京，先到茶舫上去看看，觉得颇是寂寥，令我无端的怅怅了。不料她们却仍在秦淮河里挣扎着，不料她们竟会纠缠到我们，我于是很张皇了，她们也乘着"七板子"，她们总是坐在舱前的。舱前点着石油汽灯，光亮眩人眼目：坐在下面的，自然是纤毫毕见了——引诱客人们的力量，也便在此。舱里躲着乐工等人，映着汽灯的余辉蠕动着；他们是永远不被注意的。每船的歌妓大约都是二人；天色一黑，她们的船就在大中桥外往来不息的兜生意。无论行着的船，泊着的船，都是要来兜揽的。这都是我后来推想出来的。那晚不知怎样，忽然轮着我们的船了。我们的船好好的停着，一只歌舫划向我们来了；渐渐和我们的船并着了。烁烁的灯光逼得我们皱起了眉头；我们的风尘色全给它托出来了，这使我踟蹰不安了。那时一个伙计跨过船来，拿着摊开的歌折，就近塞向我的手里，说："点几出吧！"他跨过来的时候，我们船上似乎有许多眼光跟着。同时相近的别的船上也似乎有许多眼睛炯炯的向我们船上看着。我真窘了！我也装出大方的样子，向歌妓们瞥了一眼，但究竟是不成的！我勉强将那歌折翻了一翻，却不曾看清了几个字；便赶紧递还那伙计，一面不好意思地说："不要。我们……不要。"他便塞给平伯，平伯掉转头去，摇手说："不要。"那人还腻着不走。平伯又回过脸来，摇着头道："不要！"于是那人重到我处。我窘着再拒绝了他。他这才有所不屑似的走了。我的心立刻放下，如释了重负一般。我们就开始自白了。

我说我受了道德律的压迫，拒绝了她们；心里似乎很抱歉的。这所谓抱歉，一面对于她们，一面对于我自己。她们于我们虽然没有很奢的希望；但总有些希望的。我们拒绝了她们，无论理由如何充足，却使她们的希望受了伤；这总有几分不做美了。这是我觉得很怅怅的。至于我自己，更有一种不足之感。我这时被四面的歌声诱惑了，降伏了；但是远远的，远远的歌声总仿佛隔着重衣搔痒似的，越搔越搔不着痒处。我于是憧憬着贴耳的妙音。在歌舫划来时，我的憧憬，变为盼望；我固执的盼望着，有如饥渴。虽然从浅薄的经验里，也能够推知，那贴耳的歌声，将剥去了一切的美妙；但一个平常的人像我的，谁愿凭了理性之力去丑化未来呢？我宁愿自己骗着了。不过我的社会感性是很敏锐的；我的思力能拆穿道德律的西洋镜，而我的感情却终于被它压服着。我于是有所顾忌了，尤其是在众目昭彰的时候。道德律的力，本来是民众赋予的；在民众的面前，自然更显出它的威严了。我这时一面盼望，一面却感到了两重的禁制：一，在通俗的意义上，接近妓者总算一种不正当的行为；二，妓是一种不健全的职业，我们对于她们，应有哀矜勿喜之心，不应赏玩的去听她们的歌。在众目睽睽之下，这两种思想在我心里最为旺盛。她们暂时压倒了我的听歌的盼望，这便成就了我的灰色的拒绝。那时的心实在异常状态中，觉得颇是昏乱。歌舫去了，暂时宁静之后，我的思绪又如潮涌了。两个相反的意思在我心头往复：卖歌和卖淫不同，听歌和狎妓不同，又干道德甚事？——但是，但是，她们既被逼的以歌为业，她们的歌必无艺术味的；况她们的身世，我们究竟该同情的。所以拒绝倒也是正办。但这些意思终于不曾撇开我的听歌的盼望。它力量异常坚强；它总想将别的思绪踏在脚下。从这重重的争斗里，我感到了浓厚的不足之感。这不足之感使我的心盘旋不安，起坐都不安宁了。唉！我承认我是一个自私的人！平伯呢，却与我不同。他引周启明先生的诗，"因为我有妻子，所以我爱一切的女人；因为我有子女，所以我爱一切的孩子。"[1] 他的意思可以见了。他因为推及的同情，爱着那些歌妓，并且尊重着她们，所以拒绝了她们。在这种情形下，他自然以为听歌是对于她们的一种侮辱。但他也是想听歌的，虽然不和我一样。所以在他的心中，当然也有一番小小的争斗；争斗的结果，是同情胜了。至于道德律，在他是没有什么的；因为他很有蔑视一切的倾向，民众的力量在他是不大觉着的。这时他的心意的活动比较简单，又比较松弱，故事后还怡然自若；我却不能了。这里平伯又比我高了。

在我们谈话中间，又来了两只歌舫。伙计照前一样的请我们点戏，我们照前一样的拒绝了。我受了三次窘，心里的不安更甚了。清艳的夜景也为之减色。船夫大约因为要赶第二趟生意，催着我们回去；我们无可无不可的答应了。我们渐渐和那些晕黄的灯光远了，只有些月色冷清清的随着我们的归舟。我们的船竟没个伴儿，秦淮河的夜正长哩！到大中桥近处，才遇着一只来船。这是一只载妓的板船，黑漆漆的没有一点光。船头上坐着一个妓女；暗里看出，白地小花的衫子，黑的下衣。她手里拉着胡琴，口里唱着青衫的调子。她唱得响亮而圆转；当她的船箭一般驶过去时，余音还袅袅的在我们耳际，使我们倾听而向往。想不到在弩末的游踪里，还能领略到这样的清歌！这时船过大中桥了，森森的

---

[1] 原诗是，"我为了自己的儿女才爱小孩，为了自己的妻子才爱女人"，见《雪朝》第48页。

水影，如黑暗张着巨口，要将我们的船吞了下去。我们回顾那渺渺的黄光，不胜依恋之情：我们感到了寂寞了！这一段地方夜色甚浓，又有两头的灯火招邀着；桥外的灯火不用说了，过了桥另有东关头疏疏的灯火。我们忽然仰头看见依人的素月，不觉深悔归来之早了！走过东关头，有一两只大船湾泊着，又有几只船向我们来着。嚣嚣的一阵歌声人语，仿佛笑我们无伴的孤舟哩。东关头转湾，河上的夜色更浓了；临水的妓楼上，时时从帘缝里射出一线一线的灯光；仿佛黑暗从酣睡里眨了一眨眼。我们默然的对着，静听那汩——汩的桨声，几乎要入睡了；朦胧里却温寻着适才的繁华的余味。我那不安的心在静里愈显活跃了！这时我们都有了不足之感，而我的更其浓厚。我们却又不愿回去，于是只能由懊悔而怅惘了。船里便满载着怅惘了。直到利涉桥下，微微嘈杂的人声，才使我豁然一惊；那光景却又不同。右岸的河房里，都大开了窗户，里面亮着晃晃的电灯，电灯的光射到水上，蜿蜒曲折，闪闪不息，正如跳舞着的仙女的臂膊。我们的船已在她的臂膊里了；如睡在摇篮里一样，倦了的我们便又入梦了。那电灯下的人物，只觉得像蚂蚁一般，更不去萦念。这是最后的梦；可惜是最短的梦！黑暗重复落在我们面前，我们看见傍岸的空船上一星两星的，枯燥无力又摇摇不定的灯光。我们的梦醒了，我们知道就要上岸了，我们心里充满了幻灭的情思。

一九二三年十月十一日作完，于温州

戽 水

茅 盾

就说是 A 村罢。这是个二三十人家的小村。南方江浙的"天堂"区域照例很少（简直可以说没有）百来份人家以上的大村。可是 A 村的人出门半里远——这就是说，绕过一条小"浜"，或者穿过五六亩大的一片田，或是经过一两个坟地，他就到了另一个同样的小村。假如你同意的话，我们就叫它 B 村。假如 B 村的地位在 A 村东边，那么西边，南边，北边，还有 C 村，D 村，E 村等等，都是十来分钟就可以走到的，用一句文言，就是"鸡犬之声相闻"。

可是我们现在到这一群小村里，却听不到鸡犬之声。狗这种东西，喜欢吃点儿荤腥；最不摆架子的狗也得吃白饭拌肉骨头。枯叶或是青草之类，狗们是不屑一嗅的。两年多前，这一带村庄里的狗早就挨不过那种清苦生活，另找主人去了。这也是它们聪明见机。要不，饿肚子的村里人会杀了它们来当一顿的。

至于鸡呢，有的；春末夏初，稻场上啾啾啾的乱跑，全不过拳头大小，浑身还是绒毛，可是已经会用爪子爬泥，找出小虫儿来充饥。然而等不到它们"喔喔"啼的时候，村里人就带它们上镇里去换钱来买米。人可不像鸡，靠泥里的小虫子是活不了的。所以近年来这一带的村庄里，永远只见啾啾啾的小鸡，没有邻村听得到的喔喔高啼的大鸡。

这一带村庄，现在到处是水车的声音。

A村和B村中间隔着一条小河。从"端阳"那时候起，小河的两岸就排满了水车，远望去活像一条蜈蚣。这长长的水车的行列，不分昼夜，在那里咕噜咕噜地叫。而这叫声，又可以分做三个不同的时期：

最初那五六天，水车就像精壮的小伙子似的，它那"杭育、杭育"的喊声里带点儿轻松的笑意。水车的尾巴浸着浅绿色的河水，辘辘地从上滚下去的叶子板格格地憨笑似的一边跟小河亲一下嘴，一边就喝了满满的一口，即刻又辘辘辘地上去，高兴得嘻嘻哈哈地把水吐了出来，马上又辘辘地再滚了下去。小河也温柔地微笑，河面漾满了一圈一圈的笑涡。

然而小河也渐渐瘦了。水车的尾巴接长了一节，它也不像个精壮的小伙子，却像个瘦长的痨病鬼了。叶子板很费力似的喀喀地滚响，滚到这瘦的小河里，抢夺了半口水，有时半口还不到，再喀喀地挣扎着上来，没有到顶（这里是水车的嘴巴），太阳已经把带泥的板边晒成灰白色了。小河也是满脸土色，再也笑不出来，却吐着叹息的泡沫。

这样过了两天，水车的尾巴就不得不再接长一节。可是，像一个支气管炎的老头子，它咳得那么响，却是干咳。叶子板因为是三节了，滚得更加慢，更加吃力，轧轧的响声也是干燥的，听了叫人牙齿发酸。水车上的人，半点钟换一班。他们汗也流完了，腿也麻木了，用了可惊的坚强的意志，要从这干瘪的小河榨出些浓痰似的泥浆来！轧轧轧，喀喀喀，远远近近的无数水车愤怒地悲哀地喊着。

这样又是一天，小河像逃走了似的从地面上隐去。河心里的泥开始起皱纹，像老年人的脸；水车也都噤口，满身污泥，一排一排，朝着满天星斗的夏天的夜。

稻场上，这时例外地人声杂乱。Ａ村和Ｂ村的人在商量一个新的办法。那条小河的西头，是一个小小的浜，那已是Ｃ村的地界。靠着浜边，是Ｃ村人的桑地，倘使在这一片桑地上开一道沟出去，就可以把外边塘河里的水引到浜里，再引到小河里。

从浜到塘河，路倒不远，半里的一小半；为难的，这是一片桑地，而且是Ｃ村人的。然而要得水，只有这一条路呀！Ａ村和Ｂ村的人就决定去跟那片桑地的主人们商量，借这么三四尺阔的地面开一道沟出来；要是坏了桑树，他们两村的人照样赔还。

他们的可惊的坚强的意志终于把这道沟开成了。然而塘河里的水也浅得多了，不用人工，不会流到那新开成的沟。这当儿，农民的可惊的坚强的意志再来一次表现。Ａ村和Ｂ村的人下了个总动员！新开沟跟塘河接头那地方立刻挖起一口四五丈见方的蓄水池来，沿那池口，排得紧紧的，是七八架水车，都是三节的尾巴，像有力的长臂膊，伸到河心水深的地点，车上全是拼命的壮丁，发疯似的踏着，叶子板汩汩地狂叫！这是人们对旱天的最后的决战！

蓄水池满了，那灰绿色的浑水澌澌地流进那四尺多阔的沟口，倒好像很急似的；然而进了沟就一点一点慢下来了，终于通过了那不算短的沟，到了浜，再到了那小河的干枯的河床，那水就看不出是在流，倒好像从泥里渗出来似的。小河两岸的水车头，这时早又站好了人，眼望着河心。有几个小孩在河滩上跑来跑去，不时大声报告道："水满一点了！""一个手指头那么深了！"忽然一声胡哨，像是预定的号令，水车头那些人都应着发声喊，无数的脚都动了，水车急响着枯枯枯的干燥的叫号。但是水车的最下的一个叶子板刚刚能够舐着水，却不能喝起水来——小半口也不行。叶子板滚了一转，湿漉漉地，可是戽不起水！

"叫他们外边塘河边的人再用点劲呀！"有人这么喊着。这喊声，一递一递传过去，驿马似的报到塘河上。"用劲呀！"塘河上那七八架水车上的人齐声叫了一下。他们的酸重的腿儿一齐绞出最后的力气，他们脸上的肌肉绷紧到起棱了。蓄水池泼剌剌泼剌剌地翻滚着白色的水花。从池灌进沟口的水哗哗地发叫。然而通过了那沟，到得小河时，那水又是死洋洋没点气势了。小河里的水是在多起来，然而是要用了最精密的仪器才能知道它半点钟内究竟多起了若干。河中心那一泓水始终不能有两个指头那么深！

因为水通过那半里的一小半那条沟的时候，至少有一小半是被沿路的太干燥的泥土截留去了。因为那个干了的小浜也有半亩田那么大，也是燥渴得不肯放水白白过去的呀！

天快黑的时候，小河两岸跟塘河边的水车又一齐停止了。A村和B村的人板着青里泛紫的面孔，瞪出了火红的眼睛，大家对看着，说不出话。C村的人望望自己田里，又望望那塘河，也是一脸的忧愁。他们懂得很明白：虽然他们的田靠近塘河地位好，可是再过几天，塘河的水也庨不上来了，他们跟 A 村 B 村的人还不是一样完了么？

于是在明亮的星光下，A 村和 B 村的人再聚在稻场上商量的时候，C 村的人也加入了。有一点是大家都明白的：尽管他们三村的人联合一致，可是单靠那简陋的旧式水车，无论如何救不活他们的稻。"算算要多少钱，雇一架洋水车？"终于耐不住，大家都这么说了。大家早已有这一策放在心里——做梦做到那怪可爱的洋水车，也不止一次了，然而直到此时方才说出来，就因为雇用洋水车得花钱，而且价钱不小。照往年的规矩说，洋水车灌满五六亩大的一只田要三块到四块的大洋。村里人谁也出不起这大的价钱。但现在是"火烧眉毛"，只要洋水车肯做赊账，将来怎样挖肉补疮地去还这笔债，只好暂且不管。

塘河上不时有洋水车经过，要找它不难。趁晚上好亮的星光，就派了人去守候罢。几个精力特别好，铁一样的小伙子，都在稻场上等候消息。他们躺在泥地上，有一搭没一搭的闲谈。他们从洋水车谈到镇上的事。正谈着镇上要"打醮求雨"，塘河上守候洋水车的人们回来了。这里躺着的几位不约而同跳了起来问道："守着了么？什么价钱？"

"他妈妈的！不肯照老规矩了。说是要照钟点算。三块钱一点钟，田里满不满，他们不管。还要一半的现钱！"

"呀，呀，呀，该死的没良心的，趁火打劫来了！"

大家都叫起来。他们自然懂得洋水车上的人为什么要照钟点算。在这大旱天把塘河里的水老远地抽到田里，要把田灌足，自然比往年难些——不，洋水车会比往年少赚几个钱，所以换章程要照钟点算！

洋水车也许能救旱，可是这样的好东西，村里人没"福"消受。

又过了五六天，这一带村庄的水车全变做哑子了。小港里全已干成石硬，大的塘河也瘦小到只剩三四尺阔，稍为大一点儿的船就过不去了。这时候，村里人就被强迫着在稻场上"偷懒"。

他们法子都想尽了，现在他们只有把倔强求生的意志换一个方面去发泄。大约静默了三天以后，这一带村庄里忽然喧填着另一种声音了；这是锣鼓，这是呐喊。开头是A村和C村的人把塘河东边桥头小庙里的土地神像（这是一座不能移动的泥像，但村里人立意要动它，有什么办不到！）抬出来在村里走了一转，没有香烛，也没有人磕头（老太婆磕头磕到一半，就被喝住了），村里人敲着锣鼓，发狂似的呐喊，拖着那位土地老爷在干裂的田里走，末了，就把神像放在田里，在火样的太阳底下。"你也尝尝这滋味罢！"村里人潮水一样的叫喊。

第二天，待在田里的土地老爷就有了伴。B村E村以及别的邻村都去把他们小庙里的泥像抬出来要他们"尝尝滋味"了，土地老爷抬完了以后，这一带五六个村庄就联合起来，把三五里路外什么庙里的大小神像全都抬出来"游街"，全放在田里跟土地做伴。"不下雨，不抬你们回去！"村里人威胁似的说。

泥像在毒太阳下面晒起了裂纹，泥的袍褂一片一片掉下来。敲着锣鼓的村里人见了，就很痛快似的发喊。"神"不能给他们"风调雨顺"，"神"不能做得像个"神"的时候，他们对于"神"的报复是可怕的！

一九三四年九月八日

北戴河海滨的幻想

徐志摩

　　他们都到海边去了，我为左眼发炎不曾去。我独坐在前廊，偎坐在一张安适的大椅内，袒着胸怀，赤着脚，一头的散发，不时的有风来撩拂。清晨的晴爽，不曾消醒我初起时睡态；但梦思却半被晓风吹断。我阖紧眼帘内视，只见一斑斑消残的颜色，一似晚霞的余赭，留恋地胶附在天边。廊前的马樱，紫荆，藤萝，青翠的叶与鲜红的花，都将他们的妙影映印在水汀上，幻出幽媚的情态无数；我的臂上与胸前，亦满缀了绿荫的斜纹。从树荫的间隙平望，正见海湾：海波亦似被晨曦唤醒，黄蓝相间的波光，在欣然的舞蹈。滩边不时见白涛涌起，迸射着雪样的水花。浴线内点点的小舟与浴客，水禽似的浮着；幼童的欢叫，与水波拍岸声，与潜涛呜咽声，相间的起伏，竞报一滩的生趣与乐意。但我独坐的廊前，却只是静静的，静静的无甚声响。妩媚的马樱，只是幽幽的微展着，蝇虫也敛翅不飞。只有远近树里的秋蝉在纺纱似的引他们不尽的长吟。

　　在这不尽的长吟中，我独坐在冥想。难得是寂寞的环境，难得是静定的意境；寂寞中有不可言传的和谐，静默中有无限的创造。我的心灵，比如海滨，生平初度的怒潮，已经渐次的消失，只剩有疏松的海砂中偶尔的回响，更有残缺的贝壳，反映星月的辉芒。此时摸索潮余的斑痕，追想当时汹涌的情景，是梦或是真，再亦不须辨问。只此眉梢的轻皱。唇边的微哂，已足解释无穷奥绪，深深的蕴伏在灵魂的微纤之中。

青年永远趋向反叛，爱好冒险；永远如初度航海者，幻想黄金机缘于浩淼的烟波之外；想割断系岸的缆绳，扯起风帆，欣欣的投入无垠的怀抱。他厌恶的是平安，自喜的是放纵与豪迈。无颜色的生涯，是他日中的荆棘；绝海与凶巇，是他爱取由的途径。他爱折玫瑰：为她的色香，亦为她冷酷的刺毒。他爱搏狂澜：为他的庄严与伟大，亦为他吞噬一切的天才，最是激发他探险与好奇的动机。他崇拜冲动：不可测，不可节，不可预逆，起，动，消歇皆在无形中，狂飙似的倏忽与猛烈与神秘。他崇拜斗争：从斗争中求剧烈的生命之意义，从斗争中求绝对的实在，在血染的战阵中，呼嗷胜利之狂欢或歌败丧的哀曲。

幻象消灭是人生里命定的悲剧；青年的幻灭，更是悲剧中的悲剧，夜一般的沉黑，死一般的凶恶，纯粹的，猖狂的热情之火，不同阿拉丁的神灯，只能放射一时的异彩，不能永久的朗照；转瞬间，或许，便已敛熄了最后的焰舌，只留存有限的们余烬与残灰，在未灭的余温里自伤与自慰。

流水之光，星之光，露珠之光，电之光，在青年的妙目中闪耀，我们不能不惊讶造化者艺术之神奇；然可怖的黑影，倦与衰与饱餍的黑影，同时亦紧紧的跟着时日进行，仿佛是烦恼，痛苦，失败，或庸俗的尾曳，亦在转瞬间，彗星似的扫灭了我们最自傲的神辉——流水涸，明星没，露珠散灭，电闪不再！

在这艳丽的日辉中，只见愉悦与欢舞与生趣，希望，闪烁的希望，在荡漾，在无穷的碧空中，在绿荫的光泽里，在虫鸟的歌吟中，在青草的摇曳中——夏之荣华，春之成功。春光与希望，是长驻的；自然与人生，是调谐的。

在远处有福的山谷内，莲馨花在坡前微笑，稚羊在乱石间跳跃，牧童们，有的吹着芦笛，有的平卧在草地上，仰看幻想浮游的白云，放射下的青影在初黄的稻田中缥纱地移过。在远处安乐的村中，有妙龄的村姑，在流涧边照映她自制的春裙：口衔烟斗的农夫三四，在预度秋收的丰盈，老妇人们坐在家门外阳光中取暖，他们的周围有不少的儿童，手擎着黄白的钱花在环舞与欢呼。

在远——远处的人间，有无限的平安与快乐，无限的春光……

在此暂时可以忘却无数的落蕊与残红；亦可以忘却花荫中掉下的枯叶，私语地预告三秋的情意；亦可以忘却苦恼的僵瘫的人间，阳光与雨露的殷勤，不能再恢复他们腮颊上生命的微笑，亦可以忘却纷争的互杀的人间，阳光与雨露的仁慈，不能感化他们凶恶的兽性；亦可以忘却庸俗的卑琐的人间，行云与朝露的丰姿，不能引逗他们刹那间的凝视；亦可以忘却自觉的失望的人间，绚烂的春时与媚草，只能反激他们悲伤的意绪。

我亦可以暂时忘却我自身的种种；忘却我童年时期清风白水似的天真；忘却我少年期种种虚荣的希冀；忘却我渐次的生命的觉悟；忘却我

热烈的理想的寻求；忘却我心灵中乐观与悲观的斗争；忘却我攀登文艺高峰的艰辛；忘却刹那的启示彻悟之神奇；忘却我生命潮流之骤转；忘却我陷落在危险的旋涡中之幸与不幸；忘却我追忆不完全的梦境；忘却我大海底里埋着的秘密；忘却曾经刳割我灵魂的利刃，炮烙我灵魂的烈焰，摧毁我灵魂的狂飙与暴雨；忘却我的深刻的怨与艾；忘却我的冀与愿；忘却我的恩泽与惠感；忘却我的过去与现在……

过去的实在，渐渐的膨胀，渐渐的模糊，渐渐的不可辨认；现在的实在，渐渐的收缩，逼成了意识的一线，细极狭极的一线，又裂成了无数不相连续的黑点……黑点亦渐次的隐翳？幻术似的灭了，灭了，一个可怕的黑暗的空虚……

北 大 河

刘半农

惟中华民国十有八年有二月，北京大学三十一周年纪念刊将出版，同学们要我做篇文章凑凑趣，可巧这几天我的文章正是闹着"挤兑"（平时答应人家的文章，现在不约而同的来催交卷），实在有些对付不过来。但事关北大，而又值三十一周年大庆，即使做不出文章，榨油也该榨出一些来才是，因此不假思索，随口答应了。

我想：这纪念刊上的文章，大概有两种做法。第一种是说好话，犹如人家办喜事，总得找个口齿伶俐的伴娘来，大吉大利说上一大套，从"红绿双双"起，直说到"将来养个状元郎"为止。这一工我有点做不来，而且地位也不配：必须是校长、教务长、总务长等来说，才能说得冠冕堂皇，雍容大雅，而区区则非其人也。第二种说老话，犹如白发宫人，说开天遗事，从当初管学大臣戴着红顶花翎一摆一摇走进四公主府说起，说到今天二十九号汽车在景山东街嗷嗷嗷；从当初同学中的宽袍大袖，摇头抖腿，抽长烟管的冬烘先生说起，说到今天同学中的油头粉脸，穿西装，拖长裤的"春烘先生"（注曰：春烘者，春情内烘也）。这一工，我又有点不敢做，因为我在学校里，虽然也可以窃附于老饭桶之列，但究竟不甚老：老于我者大有人在。不老而卖老，决不能说得"像煞有价事"；要是说错了给人挑眼，岂非大糟而特糟。

好话既不能说，老话又不敢说，故而真有点尴尬哉！

哈！有啦！说说三院面前的那条河罢！

我不知道这条河叫什么名字。就河沿说，三院面前叫作北河沿，对岸却叫作东河沿。东与北相对，不知是何种逻辑。到一过东安门桥，就不分此岸彼岸，都叫作南河沿；剩下的一个西河沿，却丢在远远的前门外。这又不知是何种逻辑。

真要考定这条河的名字，亦许拿几本旧书翻翻，可以翻得出。但考据这玩意儿，最好让给胡适之顾颉刚两先生"卖独份"，我们要"玩票"，总不免吃力不讨好。

亦许这条河从来就没有过名字，其惟一的名字就是秃头的"河"，犹如古代黄河就叫作河。

我是个生长南方的人，所谓"网鱼漉鳖，在河之洲；咀嚼菱藕，捃拾鸡头；蛙羹蚌瞿，以为膳羞；布袍芒履，倒骑水牛"，正是我小时候最有趣的生活，虽然在杨元慎看来，这是吴中"寒门之鬼"的生活。

在八九岁时，我父亲因为我喜欢瞎涂，买了两部小画谱，给我学习。我学了不久，居然就知道一小点加一大点，是个鸭，倒写"人"字是个雁；一重画之上交一轻撇是个船，把"且"字写歪了不写中心二笔是个帆船。我父亲看了很喜欢，时时找几个懂画的朋友到家里来赏鉴我的杰作。记得有一天，一位老伯向我说："画山水，最重要的是要有水。有水无山，也可以凑成一幅。有山无水，无论怎样画，总是死板板的，令人透气不得。因为水是表显聪明和秀媚的。画中一有水，就可以使人神意悠扬远了。"他这话，就现在看来，也未必是画学中的金科玉律；但在当时，却飞也似的向我幼小的心窝眼儿里一钻，钻进去了再也不肯跑出来；因而养成了我的爱水的观念，直到"此刻现在"，还是根深蒂固。

民国六年，我初到北京，因为未带家眷，一个人打光棍，就借住在三院教员休息室后面的一间屋子里。初到时，真不把门口的那条小河放在眼里，因为在南方，这种河算得了什么，不是遍地皆是么？到过了几个月，观念渐渐的改变了。因为走遍了北京城，竟找不出同样的一条河来。那时北海尚未开放，只能在走过金鳌玉蝀桥时，老远的望望。桥南隔绝中海的那道墙，是直到去年夏季才拆去的。围绕皇城的那条河，虽然也是河，却因附近的居民太多了，一边又有高高的皇城矗立着，看上去总不大入眼。归根结底说一句，你若要在北京城里，找到一点带有民间色彩的，带有江南风趣的水，就只有三院前面的那条河。什刹海虽然很好，可已在后门外面了。

自此以后，我对于这条河的感情一天好一天；不但对于河，便对于岸上的一草一木，也都有特别的趣味。那时我同胡适之，正起劲做白话诗。在这一条河上，彼此都吟过了好几首。虽然后来因为吟得不好，全都将稿子揉去了，而当时摇头摆脑之酸态，固至今犹恍然在目也。

不料我正是宝贵着这条河，这条河却死不争气！十多年来，河面日见其窄，河身日见其高，水量日见其少，有水的部分日见其短。这并不是我空口撒谎：此间不乏十年以上的老人，一问便知端的。

在十年前，只隆冬河水结冰时，有点乌烟瘴气，其余春夏秋三季，河水永远满满的，亮晶晶的，反映着岸上的人物草木房屋，觉得分外玲珑，分外明净。靠东安门桥的石岸，也不像今日的东歪西欹，只偷剩了三块半的石头。两岸的杨柳，别说是春天的青青的嫩芽、夏天的浓条密缕，便是秋天憔悴的枯枝，也总饱含着诗意，能使我们感到课余之暇，在河岸上走上半点钟是很值得的。

现在呢，春天还你个没有水，河底正对着老天；秋天又还你个没有水，老天正对着河底！夏天有了一些水了，可是臭气冲天，做了附近一带的蚊蚋的大本营。

只是十多年的工夫，我就亲眼看着这条河起了这样的一个大变化。所以人生虽然是朝露，在北平地方，却也大可以略阅沧桑！

再过十多年，这条河一定可以没有，一定可以化为平地。到那时，现在在蒙藏院前面一带河底里练习掷手榴弹的丘八太爷们，一定可以移到我们三院面前来练习了！

诸公不信么？试看西河沿。当初是漕运的最终停泊点；据清朝中叶人所做的笔记，在当时还是樯桅林立的。现在呢，可已是涓滴不遗了！

基于以上的"瞎闹"（据师范大学高材先生们的教育理论，做教员的不"瞎闹"就是"瞎不闹"，其失维均，故区区亦乐得而瞎闹），谨以一片至诚，将下列建议提出诸位同事及诸位同学之前——

第一，那条河的最大部分（几乎可以说是全体），都在我们北大区域之内（我们北大虽然没有划定区域，但南至东安门，北达三道桥，西迄景山，谁也不能不承认这是我们北大的势力范围矩——谓之为"矩"而不言"圈"者，因其形似矩也——而那条河，就是矩的外直边），我们不管它有无旧名，应即赐以嘉名曰"北大河"。

第二，即称北大河，此河应即为北大所有。但所谓为北大所有，并不是我们要把它拿起来包在纸里，藏在铁箱里，只是说：我们对于此河，应当尽力保护；它虽然在校舍外面，应当看得同校舍里的东西一样宝贵。譬如目今最重要的问题，是将河中积土设法挑去，使它回复河的形状，别老是这么像害着第三期的肺病似的。这件事，一到明年开春解冻，就可以着手办理。至于钱，据何海秋先生说——今年上半年我同他谈过——也不过数百元就够；那么，老老实实由学校里掏腰包就是，不必向政府去磕头，因为市政府连小一点的马路都认为支路不肯修，哪有闲情逸致来挑河？（但若经费过多，自当设法请驻北平的军队来帮帮忙。）此外，学校里可以专雇一两个，或拨一两个听差，常在河岸上走走。要是有谁家的小少爷，走到河边拉开屁股就拉屎，就向他说："小弟弟，请你走远一步罢，这不是你府上的冲厕啊！"或有谁家的老太太，要把秽土向河里倒，就向她说："你老可怜可怜我们的北大河罢！这大的北平城，哪一处不可以倒秽土呢？劳驾啊，我给您请安！"诸如此类，神而明之，会而通之，是在哲者。

河岸上的树，现在虽然不少，但空缺处还很多。我的意思，最好此后每年每班毕业时，便在河旁种一株纪念树，树下竖石碑，勒全班姓名。这样，每年虽然只种十多株，时间积久了，可就是洋洋大观了。假如到了北大开一百周年纪念会时，有一个学生指着某一株树说："瞧，这还是我曾祖父毕业那年种的树呢。"他的朋友说:"对啊!那一株,不是我曾祖母老太太密斯某毕业的一年种的么?"诸位试闭目想想,这还值不得说声"懿欤休哉"么?

总而言之言而总之,我虽然不相信风水,我总觉得水之为物,用腐旧的话来说,可以启发灵思;用时髦的话来说,可以滋润心田。要是我们真能把现在的一条臭水沟,造成一条绿水涟漪,垂杨飘拂的北大河,它一定能于无形中使北大的文学、美术,及全校同人的精神修养上,得到不少的帮助。

我人话已说完,诸位赞成的请高举贵手;不赞成就拉倒,算我白费,请大家安心在臭水沟旁过活!

江行的晨暮

朱　湘

　　美在任何的地方，即使是古老的城外，一个轮船码头的上面。

　　等船，在划子上，在暮秋夜里九点钟的时候，有一点冷的风。天与江，都暗了；不过，仔细的看去，江水还浮着黄色。中间所横着的一条深黑，那是江的南岸。

　　在众星的点缀里，长庚星闪耀得像一盏较远的电灯。一条水银色的光带晃动在江水之上，看得见一盏红色的渔灯。

　　岸上的房屋是一排黑的轮廓。

　　一条趸船在四五丈以外的地点。模糊的电灯，平时令人不快的，在这时候，在这条趸船上，反而，不仅是悦目，简直是美了。在它的光围下面，聚集着一些人形的轮廓。不过，并听不见人声，像这条划子上这样。

　　忽然间，在前面江心里，有一些黝黯的帆船顺流而下，没有声音，像一些巨大的鸟。

　　一个商埠旁边的清晨。

太阳升上了有二十度；覆碗的月亮与地平线还有四十度的距离。几大片鳞云粘在浅碧的天空里；看来，云好像是在太阳的后面，并且远了不少。

山岭披着古铜色的衣，褶痕是大有画意的。

水汽腾上有两尺多高。有几只肥大的鸥鸟，它们，在阳光之内，暂时的闪白。

月亮是在左舷的这边。

水汽腾上有一尺多高；在这边，它是时隐时显的。在船影之内，它简直是看不见了。

颜色十分清阔的，是远洲上的列树，水平线上的帆船。

江水由船边的黄到中心的铁青到岸边的银灰色。有几只小轮在喷吐着煤烟；在烟囱的端际，它是黑色；在船影里，淡青，米色，苍白；在斜映着的阳光里，棕黄。

清晨时候的江行是色彩的。

绿水青山两相映带的富春江

周瘦鹃

在若干年以前，我曾和几位老友游过一次富春江，留下了一个很深刻的印象。我们原想溯江而上，一路游到严州为止，不料游侣中有爱西湖的繁华而不爱富春的清幽的，所以一游钓台就勾通了船夫，谎说再过去是盗贼出没之区，很多危险，就忙不迭地拨转船头回杭州去了。后来揭破阴谋，使我非常懊丧。虽常有重续旧游之想，却蹉跎又蹉跎，终未如愿。哪知"八·一三"事变以后，在浙江南浔镇蛰伏了三个月，转往安徽黟县的南屏村，道出杭州，搭了江山船，经过了整整一条富春江，十足享受了绿水青山的幽趣，才弥补了我往年的缺憾；恍如身入黄子久富春长卷，诗情画意，不断地奔凑在心头眼底，真个是飘飘然的，好像要羽化而登仙了。可是当年到此，是结队寻春，而现在却为的避乱，令人不胜今昔之感。

富春江最美的一段要算七里泷，又名七里濑、七里滩，那地点是在钓台以西的七里之间，两岸都是一迭迭的青山，仿佛一座座的翠屏一样。那水又浅又清，可以见水中的游鱼，水底的石子。遇到滩的所在，可以瞧到滚滚的急流，圈圈的漩涡，实在是难得欣赏的奇观。写到这里，觉得我这一枝拙笔不能描摹其万一，且借昔人的好诗好词来印证一下，诗如钱塘梁晋竹《舟行七里泷阻风长歌》云：

层青迭翠千万重，一峰一格羞雷同，篷窗坐眺快眼饱，故乡无此青芙蓉。或如兔鹘起落势，或如鸾鹤回翔容，槎丫或似踞猛虎，蜿蜒或若游神龙。忽堂忽奥忽高圹，如壁如堵如长墉，老苍滴成悲翠绿，旧赭流作珊瑚红。巨灵手擘逊巉峭，米颠笔写输玲珑，中间素练若布障，两行碧玉为屏风，无波时露石齿齿，不雨亦有云蒙蒙。一滩一锁束浩荡，一山一转殊岧岚，前行已若苇港断，后径忽觉桃源通，樵歌隐隐深树外，帆影历历斜阳中。东西二台耸山半，乾坤今古流清风，我来祠畔仰高节，碧云岩下停游踪。搜奇履险辟藤葛，攀附无异开蚕丛，千盘百折始到顶，眼界直欲凌苍穹。斯游寂寞少同志，知者惟有羊裘翁。狂飙忽起酿山雨，四围岚气青葱茏，老鱼跳波瘦蛟泣，怒涛震荡冯夷宫，舟师深惧下滩险，渡头小泊收帆篷。子陵鱼肥新笋大，舵楼晚饭饤盘充，三更风雨五更月，画眉啼遍峰头峰。

词如番禺陈兰甫《百字令》一阕，系以小序：

夏日过七里泷，飞雨忽来，凉沁肌骨，推篷看山，新黛如沐，岚影入水，扁舟如行绿颇黎中，临流洗笔，赋成此阕，傥与樊榭老仙倚笛歌之，当令众山皆响也。

词云：

> 江流千里，是山痕寸寸，染成浓碧。两岸画眉声不断，催送蒲帆风急。迭石皴烟，明波蘸树，小李将军笔。飞来山雨，满船凉翠吹入。　便欲舣棹芦花，渔翁借我，一领闲蓑笠。不为鲈香兼酒美，只爱岚光呼吸。野水投竿，高台啸月，何代无狂客？晚来新霁，一星云外犹湿。

读了这一诗一词，就可知道七里泷之美，确是名不虚传的。

航行于富春江中的船，叫做江山船，有二三丈长的，也有四五丈长的，船身用杉木造成，满涂着黄润润的桐油，一艘艘都是光焕如新。船棚用芦叶和竹片编成，非常结实，低低的罩在船上，作半月形；前后装着门板，左右开着窗子，两面架着铺位，小的船有四个，大的船就有六个和八个，以供乘客坐卧之用。船上撑篙把舵，打桨摇橹的，大抵是船主的合家眷属，再加上三四名伙计，遇到了滩或水浅的所在，就由他们跳上岸去背纤，看了他们同心协力的合作精神，真够使人兴奋！

一船兀兀，从钱塘江摇到屯溪，前后足足有十三四天之久，而其中六七天，却在富春江至严江中度过，青山绿水间的无边好景，真个是够我们享受了。我们曾经迎朝旭，挹彩云，看晚霞，送夕阳，数繁星，延素月，沐山雨，栉江风。也曾听滩声，听瀑声，听渔唱声，听樵歌声，听画眉百啭声，听松风谡谡声。耳目的供养，尽善尽美，虽南面王不与易，真不啻神仙中人了。我为了贪看好景，不是靠窗而坐，就是坐在船头，不怕风雨的袭击，只怕有一寸一尺的好山水，轻轻溜走。但是每天天未破晓，船长就下令开行，在这晓色迷蒙中，却未免溜走了一些，这是我所引为莫大憾事的。幸而入夜以后，总得在什么山村或小镇的岸旁停泊过宿，其他的船只，都来聚在一起。短篷低烛之下，听着水声汩汩，人语喁喁，也自别有一种佳趣。我曾有小词《诉衷情》一阕咏夜泊云："夜来小泊平矼。富春江。左右芳邻，都是住轻舠。　波心月，清辉发，映篷窗。静听怒泷吞石水淙淙。"除了这江上明月，使人系恋以外，还有那白天的映日乌桕，也在我心版上刻下了一个深深的影子。因为我们过富春江时，正在十一月中旬深秋时节，两岸山野中的乌桕树，都已红酣如醉，掩映着绿水青山，分外娇艳。我们近看之不足，还得唤船家拢船傍岸，跳上去走这么十里五里，在树下细细观赏，或是采几枝深红的桕叶，雪白的桕子，带回船去做纪念品。关于这富春江上的乌桕，不用我自己咏叹，好在清代名词人郭频迦有《买陂塘》一词，写得加倍的美，郭词系以小序，全文如下：

　　富阳道中，见乌桕新霜，青红相间；山水映发，帆樯洄沿，断岸野屋，皆入图绘，竟日赏玩不足，词以写之：

　　绕清江、一重一掩，高低总入明镜。青要小试婵娟手，点得疏林妆靓。红不定。衬初日明霞，斜日余霞映。风帆烟艇。尽冈拓窗楞，斜敧巾帽，相对醉颜冷。　桐江道，两度沿缘能认。者回刚及霜讯。萧闲鸥侣风标鹭，笑我鬓丝飘影。风一阵，怕落叶漫空，埋却寻幽径。归来重省。有万木号风，千山积雪，物候更凄紧。

　　船从富阳到严州的一段，沿江数百里，真个如在画图中行。那青青的山，可以明你的眼，那绿绿的水，可以洗净你的脏腑；无怪当初严子陵先生要薄高官而不为，死心塌地地隐居在富春山上，以垂钓自娱了。富阳以出产草纸著名，是一个大县。我经过两次，只为船不拢岸，都不曾上去观光，可是遥望鳞次栉比的屋宇，和岸边的无数船只，就可想象到那里的繁荣。

　　桐庐在富阳县西，置于三国吴的时代，真是一个很古老的县治了。在明代和清代，属于严州府，民国以来，改属金华，因为这是往游钓台和通往安徽的必经之路，游人和客商，都得在这里逗留一下，所以沿江一带，就特别繁荣起来。

　　过了桐庐，更向西去，约四五十里之遥，就到了富春山。山上有东西二台，东台是后汉严子陵钓台，西台是南宋谢皋羽哭文天祥处，都是有名的古迹。可是我们这时急于赶路，不及登山游览，但是想到一位高士，一位忠臣，东西台两两对峙，平分春色，也可使富春山水，增光不少。

　　自钓台到严州，一路好山好水，真是目不暇接，美不胜收。严州本为府治，置于明代，民国以后，改为建德县。我在严州曾盘桓半天，在江边的茶楼上与吴献书前辈品茗谈天，饱看水光山色。当夜在船上过宿；赋得绝句四首：

浮家泛宅如沙鸥，欸乃声繁似越讴；听雨无聊耽午睡，兰桡摇梦下严州。

玲珑楼阁峨峨立，品茗清淡逸兴赊；塔影亭亭如好女，一江春水绿于茶。

粼粼碧水如罗縠，渔父扁舟挂网回；生长烟波生计足，鸬鹚并载卖鱼来。

灯火星星随水动，严州城外客船多；篷窗夜听潇潇雨，江上明朝涨绿波。

从富春江入新安江而达屯溪，一路上有许多急滩，据船夫说：共有大滩七十二，小滩一百几，他是不是过甚其辞，我们可也无从知道了。在上滩时，船上的气氛，确是非常紧张，把舵的把舵，撑篙的撑篙，背纤的背纤，呐喊的呐喊，完全是力的表现。儿子铮曾有过一篇记上滩的文字，摘录几节如下：

汹涌的水流，排山倒海似的冲来，对着船猛烈的撞击，发出了一阵阵咆哮之声。船老大雄赳赳地站在船头，把一根又长又粗的顶端镶嵌铁尖的竹篙，猛力的直刺到江底的无数石块之间，把粗的一头插在自己的肩窝里，同时又把脚踏在船尖的横杠上，横着身子，颈脖上凸出了青筋，满脸涨得绯红。当他把脚尽力挺直时，肚子一突，便发出了一阵"唷——嘿"的挣扎声。船才微微地前进了一些。这样的打了好几篙，船仍没有脱险，他便将桅杆上的藤圈，圈上系有七八根纤绳，用浑身的力，拉在桅杆的下端，于是全船的重量，全都吃紧在纤夫们的身上，船老大仍一篙连一篙地打着，接着一声又一声地呐喊。在船梢上，那白发的老者双手把着舵，同时嘴里也在呐喊，和船老大互相呼应。有时急流狂击船梢，船身立刻横在江心，老者竭力挽住了那千斤重的舵，半个身子差不多斜出船外，呐喊的声音，直把急流的吼声掩盖住了。在岸滩上，纤夫们竟进住不动了。他们的身子接近地面，成了个三十度的角，到得他们的前脚站定了好一会之后，后脚才慢慢地移上来，这两只脚一先一后地移动，真的是慢得无可再慢的慢动作了。他们个个人都咬紧了牙关，紧握了拳头，垂倒了脑袋，腿上的肌肉，直似栗子般的坟起。这时的纤绳，如箭在张大的弓弦上，千钧一发似的，再紧张也没有了。终于仗着伟大的人力，克服了有限的水力，船身直向前面泻下去。猛吼的水声，渐渐地低了；最后的胜利，终属于我！

这一篇文字虽幼稚，描写当时情景，却还逼真。富春江上的大滩，以鸬鹚滩与怒江滩为最著名。我过怒江滩时，曾有七绝一首："怒江滩上湍流急，郁郁难平想见之。坐看船头风浪恶，神州鼎沸正斯时。"关于上滩的诗，清代张祥河有《上滩》云："上滩舟行难，一里如十里。自过桐江驿，滩曲出沙觜。束流势不舒，遂成激箭驶。游鳞清可数，累累铺石子。忽焉涉深波，鼋鼍伏中沚。舟背避石行，邪许声满耳。瞿塘滟滪堆，其险更何似？"

画眉是一种黄黑色的鸣禽，白的较少，它的眉好似画的一般，因此得名。据说产于四川；但是富春江上，也特别多。你的船一路在青山绿水间悠悠驶去，只听得夹岸柔美的鸟鸣声，作千百啭，悦耳动听，这就是画眉。所以昔人歌颂富春江的诗词中，往往有画眉点缀其间。我爱富春江，我也爱富春江的画眉，虽然瞧不见它的影儿，但听那宛转的鸣声，仿佛是含着水在舌尖上滚，又像百结连环似的，连绵不绝，觉得这种天籁，比了人为的音乐，曼妙得多了。我有《富春江凯歌》一绝句，也把画眉写了进去：

> 将军倒挽秋江水，洗尽黏天战血斑；十万雄师齐卸甲，画眉声里凯歌还。

此外还有一件俊物，就是鲥鱼。富春江上父老相传，鲥鱼过了严子陵钓台之下，唇部微微起了红斑，好像点上一星胭脂似的。试想鳞白如银，加上了这嫣红的脂唇，真的成了一尾美人鱼了。我两次过富春江，一在清明时节，一在中秋以后，所以都没有尝到富春鲥的美味，虽然吃过桃花鳜，似乎还不足以快朵颐呢。据张祥河《钓台》诗注中说："鲥之小者，谓之鲥婢，四五月间，仅钓台下有之。""鲥婢"二字很新，《尔雅》中不知有没有？并且也不知道张氏所谓小者，是小到如何程度。往时我曾吃过一种很大的小鱼，长不过一寸左右，桐庐人装了瓶子出卖，味儿很鲜，据说也出在钓台之下，名子陵鱼。

一九三八年一月

一条弯曲的河路

靳以

装载他和其余许多人的那只船，一面颤抖，一面左右摆着向前行进。起初人们站着，因为人多，挤住了，所以身子也不会摇动，过后有些人不知道被那些怒吼着的茶房给打发到哪里去了，才从上面递下来许多只简便的帆布椅，椅子连椅子地排起，总算把一个人安顿坐下来了。

他恰巧挤在船头，可以弯着背，把两只肘子支在铁栏杆上，可是当每个人经过他的身后，他必须挺起身子，否则那个人就无法通过的。

眼前却展开一片好景色，他想不到才离开那烟雾沉沉的山城，便能得一幅清翠如洗的江山图，虽然在冬天，山仍然着了一身碧凝的林木，而江水，竟如同江南家园的小山边，一泓溪水的清澈，那是完全不能依凭想象的，那蓝得像海，像北方的深秋天，静静地流着，像一个沉默的少女：可是船走过去，却激起颇大的浪花，那是为什么呢！

（你不知道么，它是迎着逆流向上的，下水一小时的路程，上水就要二小时，而且当着夏天秋天，浊黄的急流翻滚着，你就无法设想它是曾经安静过的，曾经使你用处子这两个字形容过它的。）

河身还宽阔的，不过有时江中为一片沙滩占去一大片，这时候那上面有屋有人，听说到了大水，就连沙滩也失去了踪影。

听说河身宽广，可是舵手像忘记两点之间最短的距离是一条直线似的，摇晃的船一直在走一条弯弯曲曲的路。

"真不容易呵，赶这许多滩，不晓得一冬要打破好多船！"

对于那些老行客，自然都怀了惴惴之心，可是他却什么也不明白，他贪恋观赏山水，不过有时候看到没有风而起的波浪，同时船就侧一侧身子，转了一个方向，使他能看见起着波浪的水的下面，原来有许多大小的岩石，好像凶恶地立在那里，等候一个新的攫取物似的。

船是不会停止的，燃烧的柴油的劣味在空中弥漫着；可是那速度实在是慢得惊人，岸上的一个赶路人总是或前或后的差不了好远。有时候，它没有移动，反被江流冲下来些，于是它更番地冒着气，晃了晃身子，又朝上顶过去。如果两次失败了之后，茶房就咧开他那河马一般的大嘴叫着：

"划子打不上去啰，请客人们到后舱去一下，赶过滩再回来。"

他也和其他的人一样，移动到后边去，等着船的努力没有落了空，才又就原有的座位坐下来。又有一次，人的移动也无效了，船就爽性傍了岸，请一部分客人到岸上去走，过了二三十丈的路，才把那些走着的搭船客，又接到船上。

不管怎么说吧，那只船像还一直是努力着朝前走着的，说是水路一百二，怎么计算是一百二呢，那就实在有一点摸不清了。

他站在那里，迎面吹来的寒风也使他有些禁不住，就把大衣的领子拉上去，尽可能的把头缩下去，像昼间的猫头鹰。

路是在走着呵，那是飞龙口，听说当年有一条飞龙落在那里的，可是如今什么都没有，只听说出产大量的鳝鱼，在水急难生鱼的这一条江中，也算一个小小的奇迹。再过去。又是两小时，什么都没有呵，然后到了。一个长胡子的本地人告诉他，再走二十里，就是吉祥场。

对于这些陌生的小地名，他有什么兴趣呢！他原是一个过客，在过客的眼里这些场呵镇呵的，实在是没有了不得的兴趣，他不过瞥一眼看，那几百级的石阶引到上面显得歪斜的房屋，于是缭绕在上面的就是炊烟，他要看河心中。下流的或上流的，斯文的穿的长衫不穿裤子头上还裹了白头巾的水手，他们少气无力地摇着桨，同时还唱着抑扬有致的歌。顺着流，也许漂来一具浮尸，头向下，中间的部分高起来，全身肿胀发白，像霉了的豆腐。

船还是在走着，一时又到了石村。说是石村，看不见一方石，只见黄沙上的岸边，被水冲刷得下部空了。长胡子的老人捻须微笑了。他高兴地告诉他，没有多少路，船就要到地了。

他倒并不一定因为可以到了便感到欣喜，他原是要来看的，索性张大了眼，一路看过去。看，白仙庙已经在望了。出产乌金墨玉的地方，偏偏要叫白仙庙！快拢了，山顶缓缓地行驶着全省唯一的轻便火车，好像一不小心，就要滚下江心，可是这只是人的幻想，属于真实的却是那上面住了些黑手黑脚黑脸膛成天在高热的煤洞里的工人，还有些黑心的只在利润上打算盘的资本家。

船不曾停，穿过小三峡，那个北山实验区就遥遥在望了。

这是只要十五分钟，船就停下来，客人走下来，这个短短的旅程，就告了一个结束。

一番游山玩景洗温泉的好兴致早被这艰险的行程消散了，惟自在心里咕喊着："下次可不这么来，这真不是玩的。"两只瞪得大大的眼睛却无目的地搜寻着，看到那边有几只不透水的空油桶，知道那是以备万一的，可是桶有六只，人却有八个，船夫们还没有算在里面。

真要是遇了事，两个要丧失性命的好像已经一定了。但是这种想头，一过了大渡口也就烟消云散，因为不再有滩，也不再有浪，船夫们已经扯起篷，一面乌路路地呼风，一面拿起竹烟杆来，装上一段叶子烟，悠闲地在船头抽起来了。

坐船的人仿佛也松了一口气，回望那无时不在响着波浪的浅滩，既恐惧又厌恶地把头转向前——那是两面被林树都遮盖起来的山峰，而江水是恬静地安娴地在它们的怀抱中流着。远处，有潺潺的流泉，这就足以惹动了新来的一份诗心。极目力去看，就看到那一条弯弯曲曲下来的一股白花花的流水，耐心地等待，不久也就来到眼前，那是一条自高流下来的冒着汽的细水，经过处，还长了绿茸茸的长苔；可是有一股触鼻的恶气使人不能忍耐，问了船夫，才知道那是洗涤过多少人泥垢的泉水，就流淌下来，随着江流送到下游去做居民的用料和饮料去。

抬头看，崖边一座危楼，显然地还有一线水渍，原来是夏秋间水涨时淹过的。

"那还能住得人么？"

"什么，哼，挤还挤不上，你先生们拢了上去看，多半还得打回头住到镇上去。"

可是这是谁也不相信的，原来是游览区，要这些不死的住在后方的人还能到这里来透一口气，不能说就要这些人跑了来又滚回去，而且过了那座危楼，树里山边，隐隐约约地还看到不少座房子，有的是绿竹为盖为壁，更远更高处，还有黄瓦绿瓦修造起来伟大的建筑，难说那只该空在那里，让人只留下一副辛苦艰难的路程，又匆匆地赶着日落前回到那个镇上去么？

还在寻思着的时节，船已经拢了，爬上囤船，踱过跳板，抬头看，一条望不见头的石阶等在那里，能上也得上，不能上也得上，总没有那样的弱者，一看见这么多的石梯，就回头又上了小船，向着下流驶去。有两乘滑竿立在那里，可是没有人抬，害得一个中年妇人扯了嗓子喊一番，结果还是两步一停三步一坐地走这节困苦的路。

"幸亏你，这还不是伏暑天，要不然……"

他自自然然地在心里这样想。

"先生，你可不知道，他怎么能不起得这样高？夏天来了，那一阵子山水下来，就得淹上来，水势又急，一夜就跳两三丈，就是防备也来不及。"

那个土著老人，幽闲地回答他的话，当他恭敬地提出来温顺的抗议的时候。

一面擦着汗，一面道谢，他又只得摇晃着身躯向上去。

江 之 歌

丽　尼

江如同一条愤怒的野兽，咆哮地冲着，冲过了滩和峡，冲过了田野和市镇；而在这里，在冲过了一个峡口以后，就瀑布一般地倾泻下来了。

六月，江里发着山洪的时候。

酷热的一天过去了，黄昏慢慢地落到了奔流着的水上。太阳已经沉到远远的山冈里，天上只浮着几片白云，摇动着，不知在什么时候就隐没到不可知的远方。江太宽，望不见边际，有一层雾笼罩着空旷的江水，在这蒙蒙的外边，躺着巨大的平原。一息微风吹了过来，带来了凉爽，也带来了黑夜。江是平寂的，除了漩涡碰击着船头，发出空洞的哗啦哗啦的响声以外，就听不见别的声音。

船在江心行着，一只小船，迎着逆流的水——我和我的船夫控制着不羁的小船，在这薄暮的空江之上。

我正是年少，然而我的船夫则已年老；花白的胡须铺满了他的脸面。他两手握着桨，迎着水势把双桨杀下，口里留着历代所遗传的不知名的古曲，枯嘎的嗓音布满了整个江面，如同一阵旋风掠过水上，卷起一些回曲的波纹。我坐在船尾，谨慎地随着水的来向而摇摆着舵子，听着老人的歌唱，望着奔流而放荡的大水向着船头冲击，止不住地战栗着了。

"当心，前面大漩涡子！"我的老船夫停止了歌唱，高声地警告。我也提起精神，留神地望着前面。

前面是汹涌着水。我们知道这汹涌是没有休息的。只是，我的心禁不住地跃动了，手也不自觉地抖了起来。我想要呼喊，然而呼喊不出。江是太宽了，而且薄雾罩住了边岸，朦胧了那无际的平原，只有水声在大江之中作着哗啦哗啦的响声，直钻透了我的心底，使我不能支持。

"危险的生涯啊！"我低着头想了，"一种将生命当作了儿戏的生涯。江水是无情的，一个不经意，来不及闪避，我们就全会沉没了。"

我想到了这危险的江心，这可怕的行程；想到我们的船应当靠着岸边，不能再在江心挣扎。我的手战栗着，不安定地把着舵杆。

"水上漂老兄，靠岸走吧，天已经不早了。"

然而，望见老人的双手和全身的运动，我的声音在中间不禁颤抖了。

"什么？靠岸走？"老人回答着，声音是愤怒的，"你以为这样的水我就爬不上去么？一年三百六十天，一百八十天走流水，一百八十天走慢水，都是走过的。"

我感觉惭愧了。我应当怎样说呢？我，一个十六岁的小伙子，我能够藐视一个六十岁的老人么？我的手能够像他的一样暴露着青筋么？我的手能够像他的那样做出强悍而迅速的动作么？老人似乎是受了侮辱，身体更向前挺，两只如铁一样的手臂也动得更为沉重了。

水仍然在猛烈地流，哗啦哗啦的响声比以前更为响亮。大江上面，雾更浓了，黑夜垂下了它厚而重的幕幔，压了下来，几乎使人晕眩。几亩田地般大的漩涡拖带着上游被大水所拆毁的屋子的碎片，猛烈地撞向了船头，发出一阵愤怒的咒诅，又从船底溜了过去，而接着，一阵哗啦哗啦的响声就被遗弃在船后了。

老人没有歌唱，只是无声地用力把着桨，往水里杀下去。浓雾隔住了天上的星斗，遮住了一切光明。江上，仿佛有无数的黑影在浮动，在互相冲撞，而小船就在这黑影下面，溯着江流而向前奋进了。

我随着水势把舵尾掌着，心中感觉到无限的寂寞和恐惧。我想着我正是十六岁，是好的年岁呢。然而，我该是多么怯弱。在我面前把着桨的是一个老年人，他有着太长的灰白的头发和胡须，他有着因为年老而尖削了的下巴和陷落了的眼睛，然而，他却是强悍而健康的，他的手臂可以举起我的整个单弱的身体，这于他是不会费什么气力的。他是强悍而健康的，他比这逆流着的水还强。他是在挣扎着，在角逐着；他把命运抛到了他所看不见的地方，而完全信赖了他的两只手臂。

我举起一只手臂来，试试我的气力，然而，船一摇晃，我就重新迷失在恐惧之中了。

夜静得可怕，只有逆流碰着船头和老人的双桨挑着流水所发出的空洞的响声。我的心空虚得好像一张白纸；是有谁在那白纸上面画出了无数细薄的网、丝，它们将我牢牢地缚住。

老人咳嗽了一声，是预备要提起他那枯嘎的嗓子来骂人了；然而，却并不开口，只是把双桨拼命在水上打着，发出了令人战栗的响声。

是多么单调，多么凄凉，又是多么愤怒，多么不调和的声音啊！

我感觉我的心结成了一个冰块，我感觉我会窒息。我忍不住低声叹息了。

"'唉'什么的，老三？"水上漂沉重地问了。

"没有什么，老兄。"我回答着，心里感觉到一阵惭愧。

"水涡子里面是不许'唉'的，晓得吧？"他的声音是那么沉重，使我不能反抗。我怎么能够反抗呢？我能"唉"么？一个十六岁的小伙子，正是少壮的时候呢。

然而，水是这样急，江是这样宽，而且，夜是这样暗，这样寂寞——我能够怎样呢？我还想要呼啸，但是，我呼啸不出，似乎是有一块石头压在我的胸膛，使我不能喘息。

我轻轻地喊道："水上漂老兄……"

"喊我做什么？"水上漂无精打采地回答。

"唉，没有什么。我请你唱一个歌儿。"

"唱歌儿么？"

"是的，唱一个歌儿，太静了。"

"唱什么歌呢？这样黑，这种雾，他妈的，鬼气！老三，这样的黑夜唱什么歌呀？不用唱了罢，黑夜好行船。"

逆流从船底冲了过去，声音极其响亮，老人把桨打得更密，他们的船是在挣扎之中向着逆水往上爬着了。

我的手战栗着，心上似乎围上了不知多少层细薄的网膜，我不知道怎样把这些可怕的网膜撕去。我想认真地看一看老人的脸面，然而，夜是黑暗的，而且他只是把他的背朝了我，向着前面，永远也不回过头来。

黑夜是沉默的，我想我会在这黑夜之中闷死。我坐在船尾，看着迷蒙中的江流，想到我们是在这激流之中冲闯，向前闯去，闯去，闯到什么地方？一只小船，在这样的江流之上，一老一少，一个苦苦地打着桨，一个战栗地把着舵，向着这逆流往上爬，这到底是为了什么？我想到这江上的生涯，黑夜的航行，与这逆流的斗争，我想到我和我的老船夫的命运——一种忧郁锁住了我，使我禁不住要哭了出来。但是，听着了那年老的同伴，他在前面奋力地打着桨，呼吸着康健的气息，愤愤地斥骂着水流，我变得惭愧了，我不知道我应当怎样安置我自己。

忽然，一声咳嗽打破了眼前的静寂，我的老同伴是要说话了。

"喂，老三，真的要唱么？"

我感觉如释重负，急忙地回答：

"真的呢，谁开玩笑呢？"

"你要我哭丧似的唱么？在这样的黑夜，唱起歌来多少是有些鬼气的。"

"总比这样静着好吧？老实说，水上漂老兄，再静下去，我真会哭了。"

没有回答，沉默更加紧了。

——只希望有一个歌啊！只希望有谁能开口，就是放声哭，也是好的。

而一种沉郁的原始的歌声就从水上涌出来了：

> 我站在这水边呀，哟哟，
>
> 我娘儿呀，来哟；
>
> 抱着了你哟，水里跳呀，
>
> 今生做不得好夫妻，
>
> 来生再脱胎呀，哟哟。
>
> 把你的腰儿抱呀，哟哟，
>
> 不想跳呀，乖哟；
>
> 亲个嘴儿哟，望一望呀，
>
> 你这般俊俏的娘儿，
>
> 我们搭船逃呀，哟哟。

不可遏制的苦闷和忧郁罩住了整个的空江。一些原始人的哀愁从那枯嘎的嗓音之中放送了出来，弥漫着，回荡着，形成了许多幻想与阴影，向着我的心头攻击，几乎使我昏迷。那都是一些往古的水上的人们，在自然之中挣扎，而且有着不能满足的欲求，以致把生命看轻，而想把自己发送在江流之中；然而，同时又有着对于生命的苦痛的爱恋，而终于决定要继续这苦闷的生命，在挣扎之中寻求一个处理自己的方法。但是，那声音，由那年老的枯嘎的嗓子里流了出来，那表现着这年老的人该是有了怎样不可以忘怀的记忆。声音震动着，一直钻透了我的心底。

——青春是过去了，跟着青春而来到的是一个老年，而人类就是在这命运之中辗转着的。

我战栗地说道：

"水上漂老兄，这歌里面也有一个故事么？"

"这歌么，是真的事情呢。"他马上就回答了，令我的心感到了一些儿轻松。

"大约是很凄凉的吧？"

"可不是！给你们年轻人听着了，怕真会哭几场吧。"

一层忧郁网早又套到我的心上了。我不能想象那年老的人，他将说出一个怎样的故事，或者说出一个怎样的结果。船是没有保障的一片落叶，而江流则是狂暴的；人类在这中间能算得了什么呢？也许，从远古以来就有苦闷的伴侣们是沉葬在江心之中的吧？眼泪止不住地流下了我的眼角，而浓雾就在这时更密起来了。我以战栗的手掌着舵尾，我的老船夫仍然是拼命地把桨在水上打得啪啪地响。我们都是在黑暗之中，在这黑暗之中向前闯着。

"讲吧，水上漂老兄，我正等着听呢。"我无法隐藏我声音的颤动。

"忙吗？夜还长得紧呢。明儿天气准热，我们今晚赶一晚夜路，至少要到古龙湾去湾船。你不是要睡么？早呢，半夜还不到……"

我感觉我受了欺侮。我为什么怯弱得要睡呢？我说：

"不是呢，我想你给我讲那故事。唉，你一唱起那歌来，我就想哭呢。"

"哈哈，老三，太没用了！又想哭？年轻轻的，为什么老是想哭呢？你今年十六岁吧？"

"是的，正是十六岁呢。"

"十六岁，正是好年纪呀。怎么天天想着哭呢？十六岁的时候，我还没有到船上来，可是我已经长得像现在一般高。我在殷狗三家里做长工，一年十五串钱。那时，他家女儿爱上了我……"

"是的，我听说过的。"

"那时候，我也老爱哭，时常一个人偷着流泪。可是，有什么用？老实说，老三，人总得活，活着就得有点儿活劲。哭哭啼啼，娘儿们一样的，算什么呢？吃两块豆腐，得卖四两气力，哭有什么用？比方说，船打水上走，水要往下流，这有什么办法？任你烧香求神，可能够叫水往上流么？有什么用？我们只能这么撑，这么挣，向上爬呀，爬得一尺算一尺，爬得十尺算一丈，那才是真的。'爬白了胡子爬不上青山滩'，可是多少人不是一年上下几回的么？呃，老三？"

我战栗地听着这头发和胡须都已灰白的老人说着他的言语。我想不出话来回答他。人啊，有的是在水上抖擞的；而有的倒比水还强，倒是将斗争当作了生命，而埋葬在斗争之中的。

我苦闷着，如同有火在我的心头燃烧。

"喂，老三，怎么的？在想什么？发呆么？记起了你的妈妈么？妈妈养你一场，不是要你像这样的呀。唉，你妈妈真强。那一年发大水，你妈妈还驾着船到处找你爹爹的尸首呢。你妈妈一生没有哭过，不像你。"

我如同落到一个噩梦里，而那过去十六年的生活，就一幕一幕地显现在我的眼前了。我战栗得不能说话，只觉得热泪如同决堤一样从我的眼中涌了出来。

"发愁是没有用的，老三。像你这样的小伙子，一天走得八十里的上水才算对得起自己。发愁有什么用？发愁可以当饭吃？殷狗三的田随便给你种？王财主的米仓随便放给你吃？笑话！"

我的心如同一团乱丝，缠结着，解不开，找不出一个头绪。我感觉我的心中有着无数的骚动，只想高高地呼喊。我感觉我的老同伴的话语，一个一个字都是一个火把，它们燃烧着我的心，使我昏迷。它们燃烧着我，使我感觉这燃烧比这逆流的冲击更为厉害。我感觉我是错活了若干年岁，我只是在黑暗之中苦闷地摸索，然而却从来不曾有过一点光明临到我的眼前，这使我不知道怎样去看周围，也不知道在什么地方去使用我的气力，因而，我是一天比一天变得更怯弱起来了。

"你的话真对呢，"我说了，心中感到了轻松和愉快，"人活着，就得像我们在这些漩涡里边挣。可不是？"

"正是呀，正是呀！"我的老同伴健壮地呼喊了，使得这黑暗的江上一时爆发了无数的火花，而我的心也在这些火花之中渐渐溶解了。我感觉血液在我的全身骚动，使我禁不住发出愉快的颤抖。我一只手拭去了眼角的残泪，不自觉地从口里长长地呼了一口气。

小船在黑暗的江心之中向前冲撞，水流得更急，然而，我们的手变得更为健壮。桨迎着逆流急急地拍，声音变得愉快而且和谐。

夜已半了。微微地似乎有风在江上吹拂，而浓雾也在慢慢地稀薄。

船向前挺进着，两个人连咳嗽也没有一声。江的流动与夜的唏嘘在我的心中和谐地合奏，使我感觉愉快。我几乎要发狂了，然而却不能颤动我的身体。江水从船底愤怒地冲了过去，唱出了忧郁与败北的曲子。

"要睡了么？还早呢。"

"不，一点儿也不想睡。"我说着，身体微微地动了一动。

"那么，还是说说话的好。太静了，走得不耐烦的。"

"那么，你先说吧，我没有什么说的。"

"我也没有什么说的呢，哈哈！"

船仍然逆着江流向前奋进着。水愤怒地碰击着船头，然而终于败北地逃向了船底。我们努力地撑持着船，听着水声败北的呜咽，心中感到无限的愉快。

　　　　我打从你底头上走哟，你这逆水呀，

　　　　我有两只手，两叶桨哟，

　　　　拉索的哥儿们呀，莫后悔哟，

　　　　等到娘儿们死尽了，再还呀，乡呀！

歌声由那枯嘎的嗓子里宏壮地发了出来，响彻了整个的江面。我想着，夜怕是会要完了吧，黑暗无论如何是不会久远的。我说："好呀，再唱一个吧，唱得真好呀！把娘胎里的劲儿也拿出来唱吧，一直唱到天明。"

等到娘儿们死尽了，不还乡呀！

…………

船上又复沉寂了，只有水在船下败北地流，呜咽地发出了怨声。我们愉快地撑持小船，向前奋进。在熹微的黎明之中，雾在渐渐地消残。一息清鲜的晨风把残余的白雾吹散，我是如同从一个悠长而不可解脱的噩梦之中醒来了。我把着舵，在船尾站了起来，深深地呼了一口气。我想唱一个歌，然而记不起一首最合适的歌曲。船在向前推进着，桨声啪啪地响，船在向着逆水跑，跑，把一切的渣滓都遗弃在后面了。

等到娘儿们死尽了呀，也不还乡呀！

…………

船在向着逆水猛力地跑，水在船脚下败北地流了去。两边望不见岸际，前后望不见湾角，只有上流打下了几丛翠绿的芦苇，依着在我们的船边。

我们要打从你底头上跑哟，你这逆水呀！

…………

老人没有咳嗽，只有桨在水上啪啪地打，发出愉快而和谐的响声。

——我们与一切皆在微明之中前进了。

河流的秘密

苏 童

对于居住在河边的人们来说，河流是一个秘密。

河床每天感受着河水的重量，可它是被水覆盖的，河床一直蒙受着水的恩惠，它怎么能泄露河流的秘密？河里的鱼知道河水的质量，鱼的体质依赖于河流的水质，可是你知道鱼儿是多么忍辱负重的生灵，更何况鱼类生性沉默寡言，而且孤僻，它情愿吐出无用的水泡，却一直拒绝与河边的人们交谈。

河流的秘密始终是一个秘密。"亲爱的，我永远也不会对你讲／河水为什么这么缓慢地流淌。"这是西班牙诗人加西亚·洛尔加的诗句。这是一个热爱河流的诗人卖关子的说法，其实谁又能知道河水流得如此缓慢，是出于疲惫还是出于焦虑，是顺从的姿态还是反抗的预兆，是因为河水昏昏欲睡还是因为河水运筹帷幄？

岸是河流的桎梏。岸对河流的霸权使它不屑于了解或洞悉河流的内心，岸对农田、运输码头、餐厅、房地产业、散步者表示了亲近和友好，对河流却铁面无情。很明显这是河与岸的核心关系。岸以为它是河流的管辖者和统治者，但河流并不这么想。居住在河边的人们都发现河流的内心是很复杂的，即使是清澈如镜的水，也有一个深不可测的大脑器官，河流的力量难以估计，它在夏季与秋季会适时地爆发一场革命，淹没傲慢的不可一世的河岸。这时候河与岸的关系发生了倒置，由于这种倒置关系，一切都乱套了，居住在河边的人们人心惶惶，他们使用一切可能使用的建筑材料来抵挡河水的登门造访，不怪他们慌张失态，他们习惯了做水的客人，从来没有欢迎河水来登堂做客的准备。河边的居民们在夏季带着仓皇之色谈论着水患，说洪水在一夜大雨之后夺门而入，哪些人家的家具已经浮在水中了，哪些街道上的汽车像船一样在水中抛锚了。他们埋怨洪水破坏了他们的生活，他们没有意识到与水共眠或许该是他们正常生活的一部分。河水与人的关系被人确立，河水并没有发表意见，许多人便产生了种种误会，其实本着公平交易的原则，河流的行为是可以解释的，试想想，你如果经常去一个地方寻找欢乐，那么这地方的主人必将回访，回访是一种礼仪，水的性格和清贫决定了它所携带的礼物：水，仍然是水。

河流在洪水季节中获得了尊严，它每隔几年用漫溢流淌的姿势告诉人们，河流是不可轻侮的。然后洪水季节过去了。河边的居民们发现深秋的河流水位很高，雨水的大量注入使河水显示出新鲜和清澈的外貌。秋天的河流与岸边的树木做反向运动，树木在秋风中枯黄了，落叶了，而河流显得容光焕发，朝气蓬勃。如果你站在某座横跨河流的大桥上俯瞰秋天的流水，你会注意到水流的速度，水流的热情足以让你感到震撼，那是野马的奔腾，是走出囚室的思想者在旷野中的一次长篇演讲，那是河流对这个世界的一年一度的倾诉。它告诉河岸，水是自由的不可束缚的，你不可拦截不可筑坝，你必须让它奔腾而下；河流告诉岸上的人群，你们之中，没有人的信仰比水更坚定，没有人比水更幸运。河流的信仰是海洋，多么纯朴的信仰啊，海洋是可靠的，它广阔而深邃的怀抱是安全的，海洋接纳河流，不索香火金钱，不打造十字架，不许诺天堂，它说，你来吧。于是河流就去了。河流奔向大海的时候一路高唱水的国歌，是三个字的国歌，听上去响亮而虔诚：去海洋，去海洋！

谁能有柔软之极雄壮之极的文笔为河流谱写四季歌？我不能，你恐怕也不能。我一直喜欢阅读所有关于河流的诗文篇章，所有热爱河流关注河流的心灵都是湿润的，有时候那样的心灵像一盏渔灯，它无法照亮岸边黑暗的天空，但是那团光与水为友，让人敬重。谁能有锋利如篙的文笔直指河流的内心深处？我没有，恐怕你也没有。我说过河流的秘密不与人言说，赞美河流如何能消解河流与我们日益加剧的敌意和隔阂？一个热爱河流的人常常说他羡慕一条鱼，鱼属于河流，因此它能够来到河水深处，探访河流的心灵。可是谁能想到如今的鱼与河流的亲情日益淡薄，新闻媒体纷纷报道说河流中鱼类在急剧减少，所有水与鱼的事件都归结为污染，可污染两个字怎么能说出河流深处发生的革命，谁知道是鱼类背叛了河流，还是河流把鱼类逐出了家门？

现在我突然想起了童年时代居所的后窗。后窗面向河流——请允许我用河流这么庄重的词汇来命名南方多见的一条瘦小的河，这样的河往往处于城市外围或者边缘，有一个被地方志规定的名字却不为人熟悉，人们对于它的描述因袭了粗放的不拘小节的传统：河。河边。河对岸。这样的河流终日梦想着与长江黄河的相见，却因为路途遥遥交通不便而抱恨终生，因此它看上去不仅瘦小而且忧郁。这样的河流经年累月地被治理，负担着过多的衔接城乡水运、水利疏导这样的指令性任务，河岸上堆积了人们快速生产发展的房屋、工厂、码头、垃圾站，这一切使河流有一种牢骚满腹自暴自弃的表情，当然这绝不是一种美好的表情——让我难忘的就是这种奇特的河水的表情，从记事起，我从后窗看见的就是一条压抑的河流，一条被玷污了的河流，一条患了思乡病的河流。一个孩子判断一条河是否快乐并不难，他听它的声音，看它的流水，但是我从未听见河水奔流的波涛声，河水大多时候是静默的，只有在装运货物的驳船停泊在岸边时，它才发出轻微的类似呓语的喃喃之声，即使是孩子，也能轻易地判断那不是快乐的声音，那不是一条河在欢迎一条船，恰好相反，在孩子的猜测中，河水在说，快点走开，快点走开！在孩子的目光中，河水的流动比他对学习的态度更加懒惰更加消极，它怀有敌意，它在拒绝作为一条河的责任和道义，看一眼春天肮脏的河面你就知道了，河水对乱七八糟的漂浮物持有一种多么顽劣的坏孩子的态度：油污、蔬菜、塑料、死猫、避孕套，你们愿意在哪儿就在哪儿，我不管！孩子发现每天清晨石埠前都有漂浮的垃圾，河水没有把旧的垃圾送到下游去，却把新的垃圾推向河边的居民，河水在说，是你们的东西，还给你们，我不管！在我的记忆中河流的秘密曾经是不合道德的秘密。我记得在夏季河水相对清净的季节里，我曾经和所有河边居民一样在河里洗澡、游泳，至今我还记得第一次在水底下睁开眼睛的情景，我看见了河水的内部，看见的是一片模糊的天空一样的大水，就像天空一样，与你仰望天空不同的是，水会冲击你的眼睛，让你的眼睛有一种刺痛的感觉。这是河流的立场之一，它偏爱鱼类的眼睛，却憎恨人的眼睛——人们喜欢说眼睛是心灵的窗户，河流憎恨的也许恰好是这扇窗户。

我很抱歉描述了这么一条河流来探索河流的心灵。事实上河流的心灵永远比你所描述的丰富得多，深沉得多，就像我母亲所描述的同一条河流，也就是我们家后窗能看见的河流。那是一个多么神奇的故事：有一年冬天河水结了冰，我母亲急于赶到河对岸的工厂去，她赶时间，就冒失地把冰河当了渡桥，我母亲说她在冰上走了没几步就后悔了，冰层很脆很薄，她听见脚下发出的危险的碎冰声，她畏缩了，可是退回去更危险，于是我母亲一边祈求着河水一边向河对岸走，你猜怎么着，她顺利地过了河！对于我来说这是天方夜谭的故事，我不相信这个故事，我问母亲她当时是怎么祈求河水的，她笑着说，能怎么祈求？我求河水，让我过去，让我过去，河水就让我过去了！

如果你在冬天来到南方，见到过南方冬天的河流，你会相信我母亲的故事吗？你也会像我一样，对此心怀疑窦。但是关于河流的故事也许偏偏与人的自以为是在较量，这个故事完全有可能是真实的，请想一想，对于同一条河流，我母亲做了多么神奇多么瑰丽的描述！

河水的心灵漂浮在水中，无论你编织出什么样的网，也无法打捞河水的心灵，这是关于河水最大的秘密。多少年来我一直难以忘记我老家一带流传的关于水鬼的故事，我一直相信那些湿漉漉的浑身发亮的水鬼掌握了河水的秘密，原因简单极了，那些溺死的不幸者最终与河水交换了灵魂，他们看见了河水的心灵，这就是水鬼们可以自由出入于水中不会再次被溺的原因，他们拿到了一把钥匙，这把钥匙能够打开河流的秘密之门。

可是在传说之外我们从来没有与水鬼们邂逅相遇过，不管是在深夜的河岸边，还是在沿河航行的船上。水鬼如果是人类的使者，那他们一定背叛了人类，忠实于水了，他们不再上岸是为了保持河流的秘密。水鬼已经被水同化，如今他们一定潜伏在河流深处，高昂着绿色的不屈的头颅，为他们的祖国发出了最后的呐喊：岸上的人们啊，你们去征服月球，去征服太空吧，但是请记住，水是不可征服的！

第三辑

湖

里西湖的一角落

郁达夫

    记得是在六七年——也许是十几年了——的前头，当时映霞的外祖父王二南先生还没有去世，我于那一年的秋天，又从上海到了杭州，寄住在里湖一区僧寺的临水的西楼；目的是想去整理一些旧稿，出几部书。

    秋后的西湖，自中秋节起，到十月朝的前后，有时候也竟可以一直延长到阴历十一月的初头，我以为世界上更没有一处比西湖再美丽，再沉静，再可爱的地方。

    天气渐渐凉了，可是还不至于感到寒冷，蚊蝇自然也减少了数目。环抱在湖西一带的青山，木叶稍稍染一点黄色，看过去仿佛是嫩草的初生。夏季的雨期过后，秋天百日，大抵是晴天多，雨天少。万里的长空，一碧到底，早晨也许在东方有几缕朝霞，晚上在四周或许上一圈红晕，但是皎洁的日中，与深沉的半夜，总是青天浑同碧海，教人举头越看越感到幽深。这中间若再添上几声络纬的微吟和蟋蟀的低唱，以及山间报时刻的鸡鸣与湖中代步行的棹响，那湖上的清秋静境，就可以使你感味到点滴都无余滓的地步。"秋天好，最好在西湖……"我若要唱一阕小令的话，开口就得念这么的两句。西湖的秋日真是一段多么发人深省，迷人骨的时季呀！（写到了此地，我同时也在流滴着口涎。）

是在这一种淡荡的湖月林风里，那一年的秋后，我就在里湖僧寺的那一间临水西楼上睡觉，抽烟，喝酒，读书，拿笔写文章。有时候自然也到山前山后去走走路，里湖外湖去摇摇船，可是白天晚上，总是在楼头坐着的时候多，在路上水上的时候少，为的是想赶着这个秋天，把全集的末一二册稿子，全部整理出来。

但是预定的工作，刚做了一半的时候，有一天午后二南老先生却坐了洋车，从城里出来访我了。上楼坐定之后，他开口就微笑着说："好诗！好诗！"原来前几天我寄给城里住着的一位朋友的短札，被他老先生看见了；短札上写的，是东倒西歪的这么的几行小字："逋窜禅房日闭关，夜窗灯火照孤山，此间事不为人道，君但能来与往还。"被他老先生一称赞，我就也忘记了本来的面目，马上就教厨子们热酒，煮鱼，摘菜，做点心。两人喝着酒，高谈着诗，先从西泠十子谈起，波及了杭郡诗辑，两浙轩的正录续录，又转到扬州八怪，明末诸贤的时候，他老先生才忽然想起，从袋里拿出了一张信来说：

"这是北翔昨天从哈尔滨寄来的信，要我为他去拓三十张杨云友的墓碣来，你既住近在这里，就请你去代办一办。我今天的来此，目的就为了这件事情。"

从这一天起，我的编书的工作就被打断了，重新缠绕着我，使我时时刻刻，老发生着幻想的，就是杨云友的那一个小小的坟亭。亭是在葛岭的山脚，正当上山路口东面的一堆荒草中间的。四面的空地，已经被豪家侵占得尺寸无余了，而这一个小小的破烂亭子，还幸而未被拆毁。我当老先生走后的第二天带了拓碑的工匠，上这一条路去寻觅的时候，身上先钩惹了一身的草子与带刺的荆棘。到得亭下，将荒草割了一割，为探寻那一方墓碣又费了许多工夫。直到最后，扫去了坟周围的几堆垃圾牛溲，捏紧鼻头，绕到了坟的后面，跪下去一摸一看，才发见了那一方以青石刻成的张北翔所写的明女士杨云友的碑铭。这时候太阳已经打斜了，从山顶上又吹下了一天西北风来。我跪伏在污臭的烂泥地上，从头将这墓碣读了一遍，觉得立不起身来了；一种无名的伤感，直从丹田涌起，冲到了心，冲上了头。等那位工匠走近身边，叫了我几声不应，使了全身的气力，将我扶起的时候，他看了我一面，也突然间骇了一大跳。因为我的青黄的面上，流满了一脸的眼泪，眼色也似乎是满带了邪气。他以为我白日里着了鬼迷了，不问皂白，就将我背贴背的背到了石牌坊的道上，叫集了许多住在近边的乡人，抬送我到了寺里。

过了几天，他把三十张碑碣拓好送来了；进寺门之后，在楼下我就听见他在轻轻地问小和尚说：

"楼上的那位先生，以后该没有发疯罢！"

小和尚骂了他几声"胡说！"就跑上楼来问我要不要会他一面，我摇了摇头只给了他些过分的工钱。

这一个秋天，虽则为了这一件事情而打断了我的预定的工作，但在第二年春天出版的我的一册薄薄的集子里。竟添上了一篇叫作《十三夜》的小说。小说虽则不长，由别人看起来，或许也不见得有什么好处，但在我自己，却总因为它是一个难产的孩子，所以格外的觉得爱惜。

过了几年，是杭州大旱的那一年，夏天絜妻带子，我在青岛北戴河各处避了两个月暑，回来路过北平，偶尔又在东安市场的剧园里看了一次荀慧生扮演的《杨云友三嫁董其昌》的戏。荀慧生的扮相并不坏，唱做更是恰到好处，当众挥毫的几笔淡墨山水，也很可观，不过不晓得为什么，我却觉得杨云友总不是那一副相儿。

又是几年过去了，一九三六年的春天，忽而发了醉兴，跑上了福州。福州的西城角上，也有一个西湖。每当夏天的午后，或冬日的侵晨，有时候因为没地方走，老跑到这小西湖的边上去散步。一边走着，一边也爱念着"天下西湖三十六，就中最好是杭州"的两句成语，以慰乡思。翻翻福州的《西湖志》，才晓得宛在堂的东面，斜坡草地的西北方，旧有一座强小姐的古墓，是很著灵异的。强小姐的出身世系，我也莫名其妙，但是宋朝有一位姓强的余杭人，曾经著过许多很好的诗词，我仿佛还有点儿记得。这一个强小姐墓，当然是清朝的墓，而福州土著的人，或者也许有姓强的，但当我走过西湖，走过这强小姐的墓时，却总要想起"钱塘苏小是乡亲"的一句诗，想起里湖一角落里那一座杨云友的坟亭；这仅仅是联想作用的反射么，或者是骸骨迷恋者的一种疯狂的症候？我可说不出来。

一九三七年三月四日在福州

白马湖

朱自清

今天是个下雨的日子，这使我想起了白马湖，因为我第一回到白马湖，正是微风飘萧的春日。

白马湖在甬绍铁道的驿亭站，是个极小极小的乡下地方。在北方说起这个名字，管保一百个人一百个人不知道，但那却是一个不坏的地方。这名字先就是一个不坏的名字。

据说从前（宋时?）有个姓周的，骑白马入湖仙去，所以有这个名字。这个故事也是一个不坏的故事，假使你乐意搜集，或也可编成一本小书，交北新书局印去。

白马湖并非圆圆的或方方的一个湖，如你所想到的，这是曲曲折折、大大小小、许多湖的总名。湖水清极了，如你所能想到的，一点儿不含糊，像镜子。

沿铁路的水，再没有比这里清的，这是公论。遇到旱年的夏季，别处湖里都长了草，这里却还是一清如故。

白马湖最大的，也是最好的一个，便是我们住过的屋的门前那一个。那个湖不算小，但湖口让两面的山包抄住了，外面只见微微的碧波而已，想不到有那么大的一片。湖的尽里头，有一个三四十户人家的村落，叫做西徐岙，因为姓徐的多。

这村落与外面是不相通的，村里人要出来得撑船。后来春晖中学在湖边造了房子，这才造了两座玲珑的小木桥，筑起一道煤屑路，直通到驿亭车站。那是窄窄的一条人行路，蜿蜒曲折的。路上虽常不见人，走起来却不见寂寞。尤其在微雨的春天，一个初到的来客，他左顾右盼，是只有觉得热闹的。

春晖中学在湖的最胜处，我们住过的屋也相去不远，是半西式。湖光山色从门里、从墙头进来，到我们窗前、桌上。我们几家连接着，丏翁的家最讲究。屋里有名人字画、有古瓷、有铜佛，院子里满种着花，屋子里的陈设又常常变换，给人新鲜的受用。他有这样好的屋子，又是好客如命，我们便不时地上他家里喝老酒。丏翁夫人的烹调也极好，每回总是满满的盘碗拿出来，空空的收回去。

白马湖最好的时候是黄昏。湖上的山笼着一层青色的薄雾，在水里映着参差的模糊的影子。水光微微地暗淡，像是一面古铜镜。轻风吹来，有一两缕波纹，但随即便平静了。天上偶见几只归鸟，我们看着它们越飞越远，直到不见为止，这个时候便是我们喝酒的时候。我们说话很少，上了灯才多些，但大家都已微有醉意，是该回家的时候了。若有月光，也许还得徘徊一会。若是黑夜，便在暗里摸索、醉着回去。

白马湖的春日自然最好，山是青得要滴下来，水是满满的、软软的。小马路的西边，一株间一株地种着小桃与杨柳，小桃上各缀着几朵重瓣的红花，像夜空的疏星，杨柳在暖风里不住地摇曳。在这路上走着，时而听见锐而长的火车的笛声，是别有风味的。

在春天，不论是晴是雨，是月夜是黑夜，白马湖都好。雨中田里菜花的颜色最早鲜艳，黑夜虽什么不见，但可静静地受用春天的力量。

夏夜也有好处，有月时可以在湖里划小船，四面满是青霭，船上望别的村庄，像是蜃楼海市，浮在水上，迷离惝恍的。有时听见人声或犬吠，大有世外之感。若没有月呢，便在田野里看萤火。那萤火不是一星半点的，如你们在城中所见，那是成千成百的萤火，一片儿飞出来，像金线网似的，又像耍着许多火绳似的。只有一层使我愤恨。那里水田多，蚊子太多，而且几乎全闪闪烁烁是疟蚊子。我们一家都染了疟疾，至今三四年了，还有未断根的。蚊子多足以减少露坐夜谈或划船夜游的兴致，这未免是美中不足了。

离开白马湖，是三年前的一个冬日。前一晚"别筵"上，有丏翁与云君。我不能忘记丏翁，那是一个真挚豪爽的朋友。但我也不能忘记云君，我应该这样说，那是一个可爱的——孩子。

七月十四日，北平

大明湖之春

老　舍

北方的春本来就不长，还往往被狂风给七手八脚的刮了走。济南的桃李丁香与海棠什么的，差不多年年被黄风吹得一干二净，地暗天昏，落花与黄沙卷在一处，再睁眼时，春已过去了！记得有一回，正是丁香乍开的时候，也就是下午两三点钟吧，屋中就非点灯不可了；风是一阵比一阵大，天色由灰而黄，而深黄，而黑黄，而漆黑，黑得可怕。第二天去看院中的两株紫丁香，花已像煮过一回，嫩叶几乎全破了！济南的秋冬，风倒很少，大概都留在春天刮呢。

有这样的风在这儿等着，济南简直可以说没有春天；那么，大明湖之春更无从说起。

济南的三大名胜，名字都起得好：千佛山，趵突泉，大明湖，都多么响亮好听！一听到"大明湖"这三个字，便联想到春光明媚和湖光山色等等，而心中浮现出一幅美景来。事实上，可是，它既不大，又不明，也不湖。

湖中现在已不是一片清水，而是用坝划开的多少块"地"。"地"外留着几条沟，游艇沿沟而行，即是逛湖。水田不需要多么深的水，所以水黑而不清；也不要急流，所以水定而无波。东一块莲，西一块蒲，土坝挡住了水，蒲苇又遮住了莲，一望无景，只见高高低低的"庄稼"。艇行沟内，如穿高粱地然，热气腾腾，碰巧了还臭气烘烘。夏天总算还好，假若水不太臭，多少总能闻到一些荷香，而且必能看到些绿叶儿。春天，则下有黑汤，旁有破烂的土坝；风又那么野，绿柳新蒲东倒西歪，恰似挣命。所以，它既不大，又不明，也不湖。

话虽如此，这个湖到底得算个名胜。湖之不大与不明，都因为湖已不湖。假若能把"地"都收回，拆开土坝，挖深了湖身，它当然可以马上既大且明起来：湖面原本不小，而济南又有的是清凉的泉水呀。这个，也许一时作不到。不过，即使作不到这一步，就现状而言，它还应当算作名胜。北方的城市，要找有这么一片水的，真是好不容易了。千佛山满可以不算数儿，配作个名胜与否简直没多大关系。因为山在北方不是什么难找的东西呀。水，可太难找了。济南城内据说有七十二泉，城外有河，可是还非有个湖不可。泉，池，河，湖，四者俱备，这才显出济南的特色与可贵。它是北方唯一的"水城"，这个湖是少不得的。设若我们游湖时，只见沟而不见湖，请到高处去看看吧，比如在千佛山上往北眺望，则见城北灰绿的一片——大明湖；城外，华鹊二山夹着弯弯的一道灰亮光儿——黄河。这才明白了济南的不凡，不但有水，而且是这样多呀。

况且，湖景若无可观，湖中的出产可是很名贵呀。懂得什么叫作美的人或者不如懂得什么好吃的人多吧，游过苏州的往往只记得此地的点心，逛过西湖的提起来便念道那里的龙井茶，藕粉与莼菜什么的，吃到肚子里的也许比一过眼的美景更容易记住，那么大明湖的蒲菜，茭白，白花藕，还真许是它驰名天下的重要原因呢。不论怎么说吧，这些东西既都是水产，多少总带着些南国风味；在夏天，青菜挑子上带着一束束的大白莲花菁菨出卖，在北方大概只有济南能这么"阔气"。

我写过一本小说——《大明湖》——在"一·二八"与商务印书馆一同被火烧掉了。记得我描写过一段大明湖的秋景，词句全想不起来了，只记得是什么什么秋。桑子中先生给我画过一张油画，也画的是大明湖之秋，现在还在我的屋中挂着。我写的，他画的，都是大明湖，而且都是大明湖之秋，这里大概有点意思。对了，只是在秋天，大明湖才有些美呀。济南的四季，唯有秋天最好，晴暖无风，处处明朗。这时候，请到城墙上走走，俯视秋湖，败柳残荷，水平如镜；唯其是秋色，所以连那些残破的土坝也似乎正与一切景物配合：土坝上偶尔有一两截断藕，或一些黄叶的野蔓，配着三五枝芦花，确是有些画意。"庄稼"已都收了，湖显着大了许多，大了当然也就显着明。不仅是湖宽水净，显着明美，抬头向南看，半黄的千佛山就在面前，开元寺那边的"橛子"——大概是个塔吧——静静的立在山头上。往北看，城外的河水很清，菜畦中还生着短短的绿叶。往南往北，往东往西，看吧，处处空阔明朗，有山有湖，有城有河，到这时候；我们真得到个"明"字了。桑先生那张画便是在北城墙上画的，湖边只有几株秋柳，湖中只有一只游艇，水作灰蓝色，柳叶儿半黄。湖外，他画上了千佛山；湖光山色，联成一幅秋图，明朗，素净，柳梢上似乎吹着点不大能觉出来的微风。

对不起，题目是大明湖之春，我却说了大明湖之秋，可谁教亢德先生出错了题呢！

丑 西湖

徐志摩

"欲把西湖比西子，浓妆淡抹总相宜。"我们太把西湖看理想化了。夏天要算是西湖浓妆的时候，堤上的杨柳绿成一片浓青，里湖一带的荷叶荷花也正当满艳，朝上的烟雾，向晚的晴霞，哪样不是现成的诗料，但这西姑娘你爱不爱？我是不成，这回一见面我回头就逃！什么西湖，这简直是一锅腥臊的热汤！西湖的水本来就浅，又不流通，近来满湖又全养了大鱼，有四五十斤的，把湖里袅袅婷婷的水草全给咬烂了，水混不用说，还有那鱼腥味儿顶叫人难受。说起西湖养鱼，我听得有种种的说法，也不知哪样是内情：有说养鱼干脆是官家谋利，放着偌大一个鱼沼，养肥了鱼打了去卖不是顶现成的；有说养鱼是为预防水草长得太放肆了怕塞满了湖心；也有说这些大鱼都是大慈善家们为要延寿或是求子或是求财源茂健特为从别地方买了来放生在湖里的，而且现在打鱼当官是不准。不论怎么样，西湖确是变了鱼湖了，六月以来杭州据说一滴水都没有过，西湖当然水浅得像个干血痨的美女，再加那腥味儿！今年南方的热，说来我们住惯北方的也不易信，白天热不说，通宵到天亮也不见放松，天天大太阳，夜夜满天星，节节高的一天暖似一天。杭州更比上海不堪，西湖那一洼浅水用不到几个钟头的晒就离滚沸不远什么，四面又是山，这热是来得去不得，一天不发大风打阵，这锅热汤，就永远不会凉。我那天到了晚上才雇了条船游湖，心想比岸上总可以凉快些。好，风不来还熬得，风一来可真难受极了，又热又带腥味儿，真叫人发眩作呕，我同船一个朋友当时就病了，我记得红海里两边的沙漠风都似乎较为可耐些！夜间十二点我们回家的时候都还是热虎虎的。还有湖里的蚊虫！简直是一群群的大水鸭子！你一生定就活该。

　　这西湖是太难了，气味先就不堪。再说沿湖的去处，本来顶清淡宜人的一个地方是平湖秋月，那一方平台，几棵杨柳，几折回廊，在秋月清澈的凉夜去坐着看湖确是别有风味，更好在去的人绝少，你夜间去总可以独占，唤起看守的人来泡一碗清茶，冲一杯藕粉，和几个朋友闲谈着消磨他半夜，真是清福。我三年前一次去有琴友有笛师，躺平在杨树底下看揉碎的月光，听水面上翻响的幽乐，那逸趣真不易。西湖的俗化真是一日千里，我每回去总添一度伤心：雷峰 ① 也羞跑了，断桥折成了汽车桥，哈得 ② 在湖心里造房子，某家大少爷的汽油船在三尺的柔波里兴风作浪，工厂的烟替代了出岫的霞，大世界以及什么舞台的锣鼓充当了湖上的啼莺，西湖，西湖，还有什么可留恋的！这回连平湖秋月也给

---

① 雷峰，即西湖边上的雷峰塔，建于宋开宝八年（975），1924 年 9 月 25 日倒坍。

② 哈得，通译哈同（1847—1931），犹太人，后入英国籍。1874 年到上海，从事商业投机活动，后成为有名的富翁。

糟蹋了，你信不信？

"船家，我们到平湖秋月去，那边总还清静。"

"平湖秋月？先生，清静是不清静的，格歇开了酒馆，酒馆着实闹忙哩，你看，望得见的，穿白衣服的人多煞勒瞎，扇子扇得活血血的，还有唱唱的，十七八岁的姑娘，听听看——是无锡山歌哩，胡琴都蛮清爽的……"

那我们到楼外楼去吧。谁知楼外楼又是一个伤心！原来楼外楼那一楼一底的旧房子斜斜地对着湖心亭，几张揩抹得发白光的旧桌子，一两个上年纪的老堂倌，活络络的鱼虾，滑齐齐的莼菜，一壶远年，一碟盐水花生，我每回到西湖往往偷闲独自跑去领略这点子古色古香，靠在阑干上从堤边杨柳荫里望滟滟的湖光，晴有晴色，雨雪有雨雪的景致，要不然月上柳梢时意味更长，好在是不闹，晚上去也是独占的时候多，一边喝着热酒，一边与老堂倌随便讲讲湖上风光，鱼虾行市，也自有一种说不出的愉快。但这回连楼外楼都变了面目！地址不曾移动，但翻造了三层楼带屋顶的洋式门面，新漆亮光光的刺眼，在湖中就望见楼上电扇的疾转，客人闹盈盈地挤着，堂倌也换了，穿上西崽的长袍，原来那老朋友也看不见了，什么闲情逸趣都没有了！我们没办法移一个桌子在楼下马路边吃了一点东西，果然连小菜都变了，真是可伤。泰戈尔来看了中国，发了很大的感慨。他说："世界上再没有第二个民族像你们这样蓄意的制造丑恶的精神。"怪不过老头牢骚，他来时对中国是怎样的期望（也许是诗人的期望），他看到的又是怎样一个现实！狄更生先生有一篇绝妙的文章，是他游泰山以后的感想，他对照西方人的俗与我们的雅，他们的唯利主义与我们的闲暇精神。他说只有中国人才真懂得爱护自然，他们在山水间的点缀是没有一点辜负自然的；实际上他们处处想法子增添自然的美，他们不容许煞风景的事业。他们在山上造路是依着山势回环曲折，铺上本山的石子，就这山道就饶有趣味，他们宁可牺牲一点便利，不愿斫丧自然的和谐。所以他们造的是妩媚的石径；欧美人来时不开马路就来穿山的电梯。他们在原来的石块上刻上美秀的诗文，漆成古色的青绿，在苔藓间掩映生趣；反之在欧美的山石上只见雪茄烟与各种生意的广告。他们在山林丛密处透出一角寺院的红墙，西方人起的是几层楼嘈杂的旅馆。听人说中国人得效法西欧，我不知道应得自觉虚心做学徒的究竟是谁？

这是十五年前狄更生先生来中国时感想的一节。我不知道他现在要是回来看看西湖的成绩，他又有什么妙文来颂扬我们的美德！

说来西湖真是个爱伦内①。论山水的秀丽，西湖在世界上真有位置。那山光，那水色，别有一种醉人处，叫人不能不生爱。但不幸杭州的人种（我也算是杭州人），也不知怎的，特别的来得俗气来得陋相。不读书人无味，读书人更可厌，单听那一口杭白，甲隔甲隔②的，就够人心烦！看来杭州人话会说（杭州人真会说话!），事也会做，近年来就"事业"方面看，杭州的建设的确不少，例如西湖堤上的六条桥就全给拉平了替汽车公司帮忙；但不幸经营山水的风景是另一种事业，决不是开铺子、做官一类的事业。平常布置一个小小的园林，我们尚且说总得主人

---

① 爱伦内，英文 Irony 一词的音译，意即"反讽"。
② 甲隔甲隔，杭州方言（谐音），"怎么怎么"的意思。

胸中有些丘壑，如今整个的西湖放在一班大老的手里，他们的脑子里平常想些什么我不敢猜度，但就成绩看，他们的确是只图每年"我们杭州"商界收入的总数增加多少的一种头脑！开铺子的老班们也许沾了光，但是可怜的西湖呢？分明天生俊俏的一个少女，生生的叫一群粗汉去替她涂脂抹粉，就说没有别的难堪情形，也就够煞风景又煞风景！天啊，这苦恼的西子！

但是回过来说，这年头哪还顾得了美不美！江南总算是天堂，到今天为止。别的地方人命只当得虫子，有路不敢走，有话不敢说，还来搭什么臭绅士的架子，挑什么够美不够美的鸟眼？

秋光中的西湖

庐 隐

我像是负重的骆驼般，终日不知所谓地向前奔走着。突然心血来潮，觉得这种不能喘气的生涯，不容再继续了，因此便决定到西湖去，略事休息。

在匆忙中上了沪杭甬的火车，同行的有朱、王二女士和建，我们相对默然地坐着。不久车身蠕蠕而动了，我不禁叹了一口气道："居然离开了上海。"

"这有什么奇怪，想去便去了！"建似乎不以我多感慨的态度为然。

查票的人来了，建从洋服的小袋里掏出了四张来回票，同时还带出一张小纸头来，我捡起来，看见上面写着："到杭州：第一大吃而特吃，大玩而特玩……"真滑稽，这种大计划也值得大书而特书，我这样说着递给朱、王二女士看，她们也不禁哈哈大笑了。

来到嘉兴时，天已大黑。我们肚子都有些饿了，但火车上的大菜既贵又不好吃，我便提议吃茶叶蛋，便想叫茶房去买，他好像觉得我们太吝啬，坐二等车至少应当吃一碗火腿炒饭，所以他冷笑道："要到三等车里才买得到。"说着他便一溜烟跑了。

"这家伙真可恶!"建愤怒的说着,最后他只得自己跑到三等车去买了来,吃茶叶蛋我是拿手,一口气吃了四个半,还觉得肚子里空无所有,不过当我伸手拿第五个蛋时,被建一把夺了去,一面埋怨道:"你这个人真不懂事,吃那么许多,等些时又要闹胃痛了。"

这一来只好咽一口唾沫算了。王女士却向我笑道:"看你个子很瘦小,吃起东西来倒很凶!"其实我只能吃茶叶蛋,别的东西倒不可一概而论呢!我很想这样辩护,但一转念,到底觉得无谓,所以也只有淡淡地一笑,算是我默认了。

车子进杭州城站时,已经十一点半了,街上的店铺多半都关了门,几盏黯淡的电灯,放出微弱的黄光,但从火车上下来的人,却吵成一片,挤成一堆,此外还有那些客栈的招揽生意的茶房,把我们围得水泄不通,不知花了多少力气,才打出重围叫了黄包车到湖滨去。车子走过那石砌的马路时,一些熟习的记忆浮上我的观念里来。一年前我同建曾在这幽秀的湖山中作过寓公,转眼之间早又是一年多了,人事只管不停的变化,而湖山呢,依然如故,清澈的湖波,和笼雾的峰峦似笑我奔波无谓吧!

我们本决意住清泰第二旅馆,但是到那里一问,已经没有房间了,只好到湖滨旅馆去。

深夜时我独自凭着望湖的碧栏,看夜幕沉沉中的西湖。天上堆叠着不少的雨云,星点像怕羞的女郎,踯躅于流云间,其光隐约可辨。十二点敲过许久了,我才回到房里睡下。

晨光从白色的窗幔中射进来，我连忙叫醒建，同时我披了大衣开了房门。一阵沁肌透骨的秋风，从桐叶梢头穿过，飒飒的响声中落下了几片枯叶，天空高旷清碧，昨夜的雨云早已躲得无影无踪了。秋光中的西湖，是那样冷静，幽默；湖上的青山，如同深纽的玉色，桂花的残香，充溢于清晨的气流中。这时我忘记我是一只骆驼，我身上负有人生的重担。我这时是一只紫燕，我翱翔在清隆的天空中，我听见神祇的赞美歌，我觉到灵魂的所在地……这样的，被释放不知多少时候，总之我觉得被释放的那一霎那，我是从灵宫的深处流出最惊喜的泪滴了。

建悄悄地走到我的身后，低声说道："快些洗了脸，去访我们的故居吧！"

多怅惘呵，他惊破了我的幻梦，但同时又被他引起了怀旧的情绪，连忙洗了脸，等不得吃早点便向湖滨路崇仁里的故居走去。到了弄堂门口，看见新建的一间白木的汽车房，这是我们走后唯一的新鲜东西。此外一切都不曾改变，墙上贴着一张招租的帖子，一看是四号吉房招租……"呀！这正是我们的故居，刚好又空起来了，喂，隐！我们再搬回来住吧！"

"事实办不到……除非我们发了一笔财……"我说。

这时我们已到那半开着的门前了，建轻轻推门进去。小小的院落，依然是石缝里长着几根青草，几扇红色的木门半掩着。我们在客厅里站了些时，便又到楼上去看了一遍，这虽然只是最后几间空房，但那里面的气氛，引起我们既往的种种情绪，最使我们觉到怅然的是陈君的死。那时他每星期六多半来找我们玩，有时也打小牌，他总是摸着光头懊恼地说道："又打错了！"这一切影像仍逼真地现在目前，但是陈君已作了古人，我们在这空洞的房子里，沉默了约有三分钟，才怅然地离去。走到弄堂门的时候，正遇到一个面熟的娘姨——那正是我们邻居刘君的女仆，她很殷勤地要我们到刘家坐坐。我们难却她的盛意，随她进去。刘君才起床，他的夫人替小孩子穿衣服。我们这两个不速之客够使她们惊诧了。谈了一些别后的事情，抽过一支烟后，我们告辞出来。到了旅馆里，吃过鸡丝面，王、朱两位女士已在湖滨叫小划子，我们讲定今天一天玩水，所以和船夫讲定到夜给他一块钱，他居然很高兴地答应了。我们买了一些菱角和瓜子带到划子上去吃。船夫是一个五十多岁的忠厚老头子，他洒然地划着。温和的秋阳照着我——使全身的筋肉都变成松缓，懒洋洋地靠在长方形的藤椅背上。看着划桨所激起的波纹，好像万道银蛇蜿蜒不息。这时船已在三潭印月前面，白云庵那里停住了。我们上了岸，走进那座香烟阒然的古庙，一个老和尚坐在那里向阳。菩萨案前摆了一个签筒，我先抱起来摇了一阵，得了一个上上签，于是朱、王二女士同建也都每人摇出一根来。我们大家拿了签条嘻嘻哈哈笑了一阵，便拜别了那四个怒目咧嘴的大金刚，仍旧坐上船向前泛去。

船身微微地撼动，仿佛睡在儿时的摇篮里，而我们的同伴朱女士，她不住地叫头疼。建像是天真般的同情地道："对了，我也最喜欢头疼，随便到哪里去，一吃力就头疼，尤其是昨夜太劳碌了不曾睡好。"

"就是这话了，"朱女士说，"并且，我会晕车！"

"晕车真难过……真的呢！"建故作正经地同情她，我同王女士禁不住大笑，建只低着头，强忍住他的笑容，这使我更要大笑。船泛到湖心亭，我们在那里站了些时，有些感到疲倦了，王女士提议去吃饭。建讲："到了实行我'大吃而特吃'的计划的时候了。"

我说："如要大吃特吃，就到'楼外楼'去吧，那是这西湖上有名的饭馆，去年我们曾在这里遇到宋美龄呢！"

"哦，原来如此，那我们就去吧！"王女士说。

果然名不虚传，门外停了不少辆的汽车，还有几个丘八先生点缀这永不带有战争气氛的湖边。幸喜我们运气好，仅有唯一的一张空桌，我们四个人各霸一方，但是我们为了大家吃得痛快，互不牵掣起见，各人叫各人的菜，同时也各人出各人的钱，结果我同建叫了五只湖蟹，一尾湖鱼，一碗鸭掌汤，一盘虾子冬笋；她们二位女士所叫的菜也和我们大同小异。但其中要推王女士是个吃喝能手，她吃起湖蟹来，起码四五只，而且吃得又快又干净。再衬着她那位最不会吃湖蟹的朋友朱女士，才吃到一个的时候，便叫起头疼来。

"那么你不要吃了，让我包办吧！"王女士笑嘻嘻地说。

"好吧！你就包办……我想吃些辣椒，不然我简直吃不下饭去。"朱女士说。

"对了，我也这样，我们两人真是事事相同，可以说百分之九九一样，只有一分不一样……"建一本正经的说。

"究竟不同是哪一分呢！"王女士问。

"你真笨伯，这点都不知道，一个是男人，一个是女人呵！"建说。

这时朱女士正捧着一碗饭待吃，听了这话笑得几乎把饭碗摔到地上去。

"简直是一群疯子。"我心里悄悄地想着，但是我很骄傲，我们到现在还有疯的兴趣。于是把我们久已抛置的童年心情，从坟墓里重新复活，这不能说这不是奇迹罢！

黄昏的时候，我们的船荡到艺术学院的门口，我同建去找一个朋友，但是他已到上海去了。我们嗅了一阵桂花的香风后，依然上船。这时凉风阵阵地拂着我们的肌肤，朱女士最怕冷，裹紧大衣，仍然不觉得暖，同时东方的天边已变成灰黯的色彩，虽然西方还漾着几道火色的红霞，而落日已堕到山边，只在我们一眨眼的工夫，已经滚下山去了。远山被烟雾整个地掩蔽着，一望苍茫。小划子轻泛着平静的秋波，我们好像驾着云雾，冉冉的已来到湖滨。上岸时，湖滨已是灯火明耀，我们的灵魂跳出模糊的梦境。虽说这马路上依然是可以漫步无碍，但心情却已变了。回到旅馆吃了晚饭后，我们便商量玩山的计划；上山一定要坐山兜，所以叫了轿班的老头，说定游玩的地点和价目。这本是小问题，但是我们却充分讨论了很久：第一因为山兜的价钱太贵，我同朱女士有些犹疑；可是建同王女士坚持要坐，结果是我们失败了，只得让他们得意扬扬地吩咐轿班第二天早晨七点钟来。

今日是十月九日——正是阴历重九后一日，所以登高的人很多，我们上了山兜，出涌金门，先到净慈观去看浮木井——那是济颠和尚的灵迹。但是在我看来不过一口平凡的井而已。所闻木头浮在当中的话，始终是半信半疑。

出了净慈观又往前走，路渐荒芜，虽然满地不少黄色的野花，半红的枫叶，但那透骨的秋风，唱出飒飒瑟瑟的悲调，不禁使我又悲又喜。

像我这样劳碌的生命，居然能够抽出空闲的时间来听秋蝉最后的哀调，看枫叶鲜艳的色彩，领略丹桂清绝的残香——灵魂绝对的解放，这真是万千之喜。但是再一深念，国家危难，人生如寄，此景此色只是增加人们的哀痛，又不禁悲从中来了……我尽管思绪如麻，而那抬山兜的伕子，不断地向前进行，渐渐的已来到半山之中。这时我从兜子后面往下一看，但见层崖叠壁，山径崎岖，不敢胡思乱想了。捏着一把汗，好容易来到山顶，才吁了一口长气，在一座古庙里歇下了。

同时有一队小学生也兴致勃勃地奔上山来，他们每人手里拿了一包水果一点吃的东西，都在庙堂前面院子里的雕栏上坐着边唱边吃。我们上了楼，坐在回廊上的藤椅上，和尚泡了上好的龙井茶来，又端了一碟瓜子。我们坐在藤椅上，东望西湖，漾着滟滟光波；南望钱塘，孤帆飞逝，激起白沫般的银浪。把四周无限的景色，都收罗眼底。我们正在默然出神的时候，忽听朱女士说道："适才上山我真吓死了，若果摔下去简直骨头都要碎的，等会儿我情愿走下去。"

"对了，我也是害怕，回头我们两人走下去罢，让她们俩坐轿！"建说。

"好的。"朱女士欣然地说。

我知道建又在使促狭，我不禁望着他好笑。他格外装得活像说道："真的，我越想越可怕，那样陡峭的石级，而且又很滑，万一伕子脚一软那还得……"建补充的话和他那种强装正经的神气，只惹得我同王女士笑得流泪。一个四十多岁的和尚，他悄然坐在殿里，看见我们这一群疯子，不知他作何感想，但见他默默无言只光着眼睛望着前面的山景。也许他也正忍俊不禁，所以只好用他那眼观鼻，鼻观心的苦功罢！我们笑了一阵，喝了两遍茶才又乘山兜下山。朱女士果然实行她步行的计划，但是和她表同情的建，却趁朱女士回头看山景的一刹那，悄悄躲在轿子里去了。

"喂！你怎么又坐上去了？"朱女士说。

"呀！我这时忽然想开了，所以就不怕摔……并且我还有一首诗奉劝朱女士不要怕，也坐上去罢！"

"到底是诗人……快些念来我们听听罢！"我打趣他。

"当然，当然，"他说着便高声念道，"坐轿上高山，头后脚在先。请君莫要怕，不会成神仙。"

这首诗又使得我们哄然大笑。但是朱女士却因此一劝，她才不怕摔，又坐上山兜了。中午的时候我们在龙井的前面斋堂里吃了一顿素菜。那个和尚说得一口漂亮的北京话，我因问他是不是北方人。他说："是的，才从北方游方驻扎此地。"这和尚似乎还文雅，他的庙堂里挂了不少名人的字画，同时他还问我在什么地方读书，我对他说家里蹲大学，他似解似不解的诺诺连声地应着，而建的一口茶已喷了一地。这简直是太大煞风景，我连忙给了他三块钱的香火资，跑下楼去。这时日影已经西斜了，不能再流连风景。不过黄昏的山色特别富丽，彩霞如垂幔般的垂在西方的天际，奇翠的岗峦笼罩着一层干绉似的烟雾，新月已从东山冉冉上升，远远如弓形的白堤和明净的西湖都笼在沉沉暮霭中。我们的心灵浸醉于自然的美景里，永远不想回到热闹的城市去，但是轿夫们不懂得我们的心事，只顾奔他们的归程。"唔咿"一声山兜停了下来，我们翱翔着的灵魂，重新被摔到满是陷阱的人间。于是疲乏无聊，一切的情感围困了我们。

晚饭后草草收拾了行装，预备第二天回上海。这秋光中的西湖又成了灵魂上的一点印痕，生命的一页残史了。

可怜被解放的灵魂眼看着它垂头丧气的又进了牢囚。

北海纪游

朱　湘

　　九日下午，去北海，想在那里作完我的《洛神》，呈给一位不认识的女郎。路上遇到刘兄梦苇，我就变更计划，邀他一同去逛一天北海。那里面有一条槐树的路，长约四里，路旁是两行高而且大的槐树，倚傍着小山，山外便是海水了；每当夕阳西下清风徐来的时候，到这槐荫之路上来散步，仰望是一片凉润的青碧，旁视是一片渺茫的波浪，波上有黄白各色的小艇往来其间，衬着水边的芦荻，路上的小红桥，枝叶之间偶尔瞧得见白塔高耸在远方，与它的赭色的塔门，黄金的塔尖，这条槐路的景致也可说是兼有清幽与富丽之美了。我本来是想去那条路上闲行的，但是到的时候天气还早，我们就转入濠濮园的后堂暂息。

　　这间后堂傍着一个小池，上有一座白石桥，池的两旁是小山，山上长着柏树，两山之间竖着一座石门，池中游鱼往来，间或有金鱼浮上。我们坐定之后，谈了些闲话，谈到我们这一班人所作的诗行由规律的字数组成的新诗之上去。梦苇告诉我，有许多人对于我们的这种举动大不以为然，但同时有两种人，一种是向来对新诗取厌恶态度的人，一种是新诗作了许久与我们悟出同样的道理的人，他们看见我们的这种新诗以后，起了深度的同情。后来又谈到一班作新诗的人当初本是轰轰烈烈，但是出了一个或两个集子之后，便销声匿迹，不仅没有集子陆续出来，并且连一首好诗都看不见。梦苇对于这种现象的解释很激烈，他说这完全是因为一班人拿诗作进身之阶，等到名气成了，地位有了，诗也就跟着扔开了。他的话虽激烈，却也有部分的真理，不过我觉着主要的缘因另有两个：浅尝的倾向，抒情的偏重。我所说的浅尝者，便是那班本来不打算终身致力于诗，不过因了一时的风气而舍些工夫来此尝试一下的人。他们当中虽然不能说是竟无一人有诗的禀赋、涵养、见解、毅力，但是即使有的时候，也不深。等到这一点子热心与能耐用完之后，他们也就从此销声匿迹了。诗，与旁的学问旁的艺术一般，是一种终生的事业，并非靠了浅尝可以兴盛得起来的。最可恨的便是这些浅尝者之中有人居然连一点自知之明都没有，他们居然坚执着他们的荒谬主张，溺爱着他们的浅陋作品，对于真正的方在萌芽的新诗加以热骂与冷嘲，并且挂起他们的新诗老前辈的招牌来蒙蔽大众：这是新诗发达上的一个大阻梗。还有一个阻梗便是胡适的一种浅薄可笑的主张，他说，现代的诗应当偏重抒情的一方面，庶几可以适应忙碌的现代人的需要。殊不知诗之长短与其需时之多寡当中毫无比例可言。李白的《敬亭独坐》虽然只有寥寥的二十个字，但是要领略出它的好处，所需的时间之多，只有过于《木兰辞》而无不及。进一层，我们可以说，像《敬亭独坐》这一类的抒情诗，忙碌的现代人简直看不懂。再进一层说，忙碌的现代人干脆就不需要诗，小说他们都嫌没有工夫与精神去看，更何况诗？电影，我说，最不艺术的电影是最为现代人所需要的了。所以，我们如想迎合现代人的心理，就不必作诗；想作诗，就不必顾及现代人的嗜好。诗的种类很多，抒情不过是一种，此外如叙事诗、史诗、诗剧、讽刺诗、写景诗等等哪一种不是充满了丰富的希望，值得致力于诗的人去努力？上述的两种现象，抒情的偏重，使诗不能作多方面的发展，浅尝的倾向，使诗不能作到深宏与丰富的田地，便是新诗之所以不兴旺的两个主因。

我们谈完之后，时候已经不早了，我们便起身，转上槐路，绕海水的北岸，经过用黄色与淡青的琉璃瓦造成的琉璃牌楼，在路上谈了一些话，便租定一只小划船。这时候西北方已经起了乌云，并且时时有凉风吹过白色的水面，颇有雨意，但是我们下了船。我们看见一个女郎独划着一只绿色的船，她身上穿着白色的衣裙，手上戴着白色的手套，草帽是淡黄色的，她的身躯节奏的与双桨交互的低昂着，在船身转弯的时候，那种一手顺划一手逆划两臂错综而动的姿势更将女身的曲线美表现出来；我们看着，一边艳羡，一边自家划船的勇气也不觉的陡增十倍。本来我的右手是因为前几天划船过猛擦破了几块皮到如今刚合了创口的，到此也就忘记掉了。我们先从松坡图书馆向漪澜堂划了一个直过，接着便向金鳌玉蝀桥放船过去；半路之上，果然有雨点稀疏的洒下来了。雨点落在水面之上，激起一个小涡，涡的外缘凸起，向中心凹下去，但是到了中心的时候，又突然的高起来，形成一个白的圆锥，上联着雨丝。这不过是刹那中的事。雨涡接着迅捷的向四周展开去，波纹越远越淡，以至于无。我此时不觉的联想起济慈的四行诗来：

Ever let the fancy roam，

Pleasure never is at home：

At a touch sweet pleasure melteth，

Like to bubbles when rain pelteth.

雨大了起来。雨点含着光有如水银粒似的密密落下。雨阵有如一排排的戈矛，在空中熠耀；匆促的雨点敲水声便是衔枚疾走时脚步的声息。这一片飒飒之中，还听到一种较高的声响，那就是雨落在新出水的荷叶上面时候发出来的。我们掉转船头，一面愉快地划着，一面避到水心的席棚下休息。

棹　歌

水心

仰身呀桨落水中，对长空；俯首呀双桨如翼，鸟凭风。头上是天，水在两边，更无障碍当前；白云驶空，鱼游水中，快乐呀与此正同。

岸侧

仰身呀桨在水中，对长空；俯首呀双桨如翼，鸟凭风。树有浓荫，葭苇青青，野花长满水滨；鸟啼叶中，鸥投苇丛，蜻蜓呀头绿身红。

风朝

仰身呀桨落水中，对长空；俯首呀双桨如翼，鸟凭风。白浪扑来，水雾拂腮，天边布满云霾；船晃得凶，快往前冲，小心呀翻进波中。

雨天

仰身呀桨落水中，对长空；俯首呀双桨如翼，鸟凭风。雨丝像帘，水涡像线，一片缭乱轻烟；雨势偶松，暂展朦胧，瞧见呀青的远峰。

春波

仰身呀桨落水中，对长空；俯首呀双桨如翼，鸟凭风。鸟儿高歌，燕儿掠波，鱼儿来往如梭；白的云峰，青的天空，黄金呀日色融融。

夏荷

仰身呀桨落水中，对长空；俯首呀双桨如翼，鸟凭风。荷花清香，缭绕船旁，轻风飘起衣裳；菱藻重重，长在水中，双桨呀欲举无从。

秋月

仰身呀桨落水中，对长空；俯首呀双桨如翼，鸟凭风。月在上飘，船在下摇，何人远处吹箫？芦荻丛中，吹过秋风，水蚓呀应着寒蜇。

冬雪

仰身呀桨落水中，对长空；俯首呀双桨如翼，鸟凭风。雪花轻飞，飞满山隈，飞向树枝上垂；到了水中，它却消溶，绿波呀载过渔翁。

雨势稍停，我们又划了出来。划了一程之后，忽然间刮起了劲风来；风在海面上吹起一阵阵的水雾，迷人眼睛，朦胧里只见黑浪一个个向我们滚来。浪的上缘俯向前方，浪的下部凹入，真像一群张口的海兽要跑来吞我们似的，水在船旁舐吮作响，船身的颠摇十分厉害；这刻的心境介于悦乐与惊恐之间，一心一目之中只记着，向前划！向前划！虽然两臂麻木了，右手上已合的创口又裂了，还是记着，向前划！

上岸之后，虽然休息了许久，身体与手臂尚自在那里摆动。还记得许多年前，头一次凫水，出水之后，身子轻飘飘的，好像鸟儿在空中飞翔一般；不料那时所感到的快乐又复现于今天了。

吃完点心之后（今天的点心真鲜!），我们离开漪澜堂，又向对岸渡过去，这次坐的是敞篷船。此刻雨阵过了，只有很疏的雨点偶尔飘来。展目远观，见鱼肚白的夕空渲染着浓灰色以及淡灰色的未尽的雨云，深浅不一，下面是暗青的海水，水畔低昂着嫩绿色的芦苇，时有玄脊白腹的水鸟在一片绿色之中飞过。加上天水之间远山上的翠柏之色，密叶中的几点灯光，还有布谷高高地隐在雨云之中发出清脆的啼声，真令人想起了江南的烟雨之景。

上岸后，雨又重新下起来。但是我们两人的兴却发作了：梦苇嚷着要征服自然；我嚷着要上天王殿的楼上去听雨。我们走到殿的前头，瞧见琉璃牌楼的三座孤门之上一毫未湿，便先在这里停歇下来。这时候天已经黑了，我们从槐树的叶中可以看得见天空已经转成了与海水一样深青的颜色，远处的琼岛亮着一片灯光，灯光倒映在水中，晃动闪烁，有波纹把它分隔成许多层。雨点打在远近无数的树上，有时急，有时缓；急时，像独坐在佛殿中，峥嵘的殿柱与庄严的佛像只在隐约的琉璃灯光与炉香的光点内可以瞧见；沉默充满了寺内殿堂，寂静弥漫了寺外的山岭；忽然之间，一阵风来，吹得檐角与塔尖的铁马铜铃不断的响，山中的老松怪柏谡谡的呼吼，杂着从远峰飘来的瀑布的声响，真是战马奔腾，怒潮澎湃。缓时，像在座墓园之内，黄昏的时候，鸟儿在树枝上栖息定了，乡人已经离开了田野与牧场回到家中安歇，坟墓中的幽灵一齐无声的偷了出来，伴着空中的蝙蝠作回旋的哑舞；他们的脚步落得真轻，一点声息不闻，只有萤虫燃着的小青灯照见他们憧憧的影子在暗中来往；他们舞得愈出神，在旁观看的人也愈屏息无声；最后，白杨萧萧的叹起气来，惋惜舞蹈之易终以及墓中人的逐渐零落投阳去了；一群面庞黄瘪的小草也跟着点头，飒飒的微语，说是这些话不错。

雨声之中，我们转身瞧天王殿，只见黑魆魆的一点灯光俱无，我们登楼听雨的计划于是不得不中止了。我们又闲谈起来。我们评论时人，预想未来，归根又是谈到文学上去。说到文学与艺术之关系的时候，我讲：插图极能增进读者对于文学书籍的兴趣，我们中国旧文学书中插图工细别致，《红楼梦》一书更得到画家不断地为它装画。在西方这一方面的人材真是多不胜数，只拿英国来讲，如从前的克鲁可贤（Cruikshank），现代的比亚兹莱（Bearbsley），又如自己替自己的小说作插图的萨克雷（Thackeray），都是脍炙人口的；还有文学与音乐的关系，我国古代与在西方都是很密切的，好的抒情诗差不多都已谱入了音乐，成了人民生活的一部分，新诗则尚未得到音乐上的人材来在这方面致力。

我们谈着，时刻已经不早了。雨算是过去了，但枝叶间雨滴依然纷乱地洒下，好像雨并没有停住一般。偶尔有一辆人力车拖过，想必是迟归的游客乘着园内预备的车；还偶尔有人撑着纸伞拖着钉鞋低头走过，这想必是园中的夫役。我们起身走上路时，只见两行树的黑影围在路的左右，走到许远，才看见一盏被雨雾朦了罩的路灯。大半时候还是凭着路中雨水洼的微光前进。

我们一面走着，一面还谈。我说出了我所以作新诗的理由，不为这个，不为那个，只为它是一种崭新的工具，有充分发展的可能；它是一方未垦的膏壤，有丰美收成的希望。诗的本质是一成不变万古长新的；它便是人性。诗的形体则是一代有一代的：一种形体的长处发展完了，便应当另外创造一种形体来代替；一种形体的时代之长短完全由这种形体的含性之大小而定。诗的本质是向内发展的，诗的形体是向外发展的。《诗经》，《楚辞》，荷马的史诗，这些都是几千年上的文学产品，但是我们这班后生几千年的人读起它们来仍然受很深的感动；这便是因为它们能把永恒的人性捉到一相或多相，于是它们就跟着人性一同不朽了。至于诗的形体则我们常看见它们在那里新陈代谢。拿中国的诗来讲，赋体在楚汉发展到了极点，便有"诗"体代之而兴。"诗"体的含性最大，它的时代也最长；自汉代上溯战国下达唐代，都是它的时代。在这长的时代当中，四言盛于战国，五古盛于汉魏六朝唐代，七古盛于唐宋，乐府盛的时代与五古相同，律绝盛于唐。到了五代两宋，便有词体代"诗"体而兴。到了元明与清，词体又一衍而成曲体。再拿英国的诗来讲，无韵体（blank verse）与十四行诗（sonnet）盛于伊丽沙白时代，乐府体（ballad measure）盛于十七世纪中叶，骈韵体（rhymed couplet）盛于多莱登（Dryden）、蒲卜（Pope）两人的手中。我们的新诗不过说是一种代曲体而兴的诗体，将来它的内含一齐发展出来了的时候，自然会另有一种别的更新的诗体来代替它。但是如今正是新诗的时代，我们应当尽力来搜求，发展它的长处。就文学史上看来，差不多每种诗体的最盛时期都是这种诗体运用的初期；所以现在工具是有了，看我们会不会运用它。我们要是争气，那我们便有身预或目击盛况的福气；要是不争气，那新诗的兴盛只好再等五十年甚至一百年了。现在的新诗，在抒情方面，近两年来已经略具雏形，但叙事诗与诗剧则仍在胚胎之中。据我的推测，叙事诗将在未来的新诗上占最重要的位置。因为叙事体的弹性极大，《孔雀东南飞》与荷马的两部史诗（叙事诗之一种）便是强有力的证据，所以我推想新诗将以叙事体来作人性的综合描写。

两行高大的树影矗立在两旁，我们已经走到槐路上了。雨滴稀疏地淅沥着。右望海水，一片昏黑，只有灯光的倒影与海那边的几点灯光闪亮。倒是为了这个缘故，我们的面前更觉得空旷了。

我们走到了团城下的石桥，走上桥时，两人的脚步不期然而然的同时停下。桥左的一泓水中长满了荷叶：有初出水的，贴水浮着；有已出水的，荷梗承着叶盘，或高或矮，或正或欹；叶面是青色，叶底则淡青中带黄。在暗淡的灯光之下，一切的水禽皆已栖息了，只有鱼儿喋喋的声音，跃波的声音，杂着曼长的水蚓的轻嘶，可以听到。夜风吹过我们的耳边，低语道：一切皆已休息了，连月姊都在云中闭了眼安眠，不上天空之内走她孤寂的路程；你们也听着鱼蚓的催眠歌，入梦去罢。

石 湖

郑振铎

　　前年从太湖里的洞庭东山回到苏州时，曾经过石湖。坐的是一只小火轮，一眨眼间，船由窄窄的小水口进入了另一个湖。那湖要比太湖小得多了，湖上到处插着蟹簖和围着菱田。他们告诉我："这里就是石湖。"我跃然的站起来，在船头东张西望的，想尽量地吸取石湖的胜景。见到湖心有一个小岛，岛上还残留着东倒西歪的许多太湖石。我想："这不是一座古老的园林的遗迹么？"

　　是的，整个石湖原来就是一座大的园林。在离今八百多年前，这里就是南宋初期的一位诗人范成大（1126—1193）的园林。他和陆游、杨万里同被称为南宋三大诗人。成大因为住在这里，就自号石湖居士，"石湖"因之而大为著名于世，杨万里说："公之别墅曰石湖，山水之胜，东南绝境也。"我们很向往于石湖，就是为了读过范成大的关于石湖的诗。"石湖"和范成大结成了这样的不可分的关系，正像陶渊明的"栗里"，王维的"辋川"一样，人以地名，同时，地也以人显了。成大的《石湖居士诗集》，吴郡顾氏刻的本子（一六八八年刻），凡三十四卷，其中歌咏石湖的风土人情的诗篇很不少。他是一位中国文学史上重要的田园诗人，继承了陶渊明、王维的优良传统，描写着八百多年前的农民的辛勤的生活。他的《四时田园杂兴》六十首，就是淳熙丙午（一一八六年）在石湖写出的，在那里，充溢着江南的田园情趣，像读米芾和他的儿子米友仁所作的山水，满纸上是云气水意，是江南的润湿之感，是平易近人的熟悉的湖田农作和养蚕、织丝的活计，他写道：

> 昼出耘田夜绩麻，村庄儿女各当家。
> 童孙未解供耕织，也傍桑阴学种瓜。

农村里是不会有一个"闲人"存在的，包括孩子们在内。

> 垂成穑事苦艰难，忌雨嫌风更怯寒。
> 笺诉天公休掠剩，半偿私债半输官。

他是同情于农民的被剥削的痛苦的。更有连田也没有得种的人，那就格外的困苦了。

> 采菱辛苦废犁锄，血指流丹鬼质枯。
> 无力买田聊种水，近来湖面亦收租。

他住在石湖上，就爱上那里的风土，也爱上那里的农民，而对于他们的痛苦，表示同情。后来，在明朝弘治间（1488—1505），有莫旦的，曾写了一部《石湖志》，却只是夸耀着莫家的地主们的豪华的生活，全无意义。至今，在石湖上莫氏的遗迹已经一无所存，问人，也都不知道，是"身与名俱朽"的了。但范成大的名字却人人都晓得。

去年春天，我又到了洞庭东山。这次是走陆路的，在一年时间里，当地的农民已经把通往苏州的公路修好了。东山的一个农业合作社里的人，曾经在前年告诉过我：

"我们要修汽车路，通到苏州，要迎接拖拉机。"

果然，这条公路修好了，如今到东山去，不需要走水路，更不需要花上一天两天的时间了，只要两小时不到，就可以从苏州直达洞庭东山。我们就走这条公路，到了石湖。我们远远地望见了渺茫的湖水，安静地躺在那里，似乎水波不兴，万籁皆寂。渐渐地走近了，湖山的胜处也就渐渐地豁露出来。有一座破旧的老屋，总有三进深，首先唤起我们注意。前厅还相当完整，但后边却很破旧，屋顶已经可看见青天了，碎瓦破砖，抛得满地。墙垣也塌颓了一半。这就是范成大的祠堂。墙壁上还嵌着他写的《四时田园杂兴》的石刻，但已经不是全部了。我们在湖边走着，在不高的山上走着。四周的风物秀隽异常。满盈盈的湖水一直溢拍到脚边，却又温柔地退回去了，像慈母抚拍着将睡未睡的婴儿似的，它轻轻地抚拍着石岸。水里的碎磁片清晰可见。小小的鱼儿，还有顽健的小虾儿，都在眼前游来蹦去。登上了山巅，可望见更远的太湖。太湖里点点风帆，历历可数。太阳光照在潋潋的湖水上面，闪耀着金光，就像无数的鱼儿在一刹那之间，齐翻着身。绿色的田野里，夹杂着黄色的菜花田和紫色的苜蓿田，锦绣般地展开在脚下。

这里的湖水，滋育着附近地区的桑麻和水稻，还大有鱼虾之利。劳动人民是喜爱它的，看重它的。

"正在准备把这一带全都绿化了，已经栽下不少树苗了。"陪伴着我们的一位苏州市园林处的负责人说道。

果然有不少各式各样的矮树，上上下下，高高低低地栽种着。不出十年，这里将是一个很幽深新洁的山林了。他说道："园林处有一个计划，要把整个石湖区修整一番，成为一座公园。"当然，这是很有意义的，而且东山一带已将成为上海一带的工人的疗养区，这座石湖公园是有必要建设起来的。

他又说道："我们要好好地保护这一带的名胜古迹，范石湖的祠堂也要修整一下。有了那个有名的诗人的遗迹，石湖不是更加显得美丽了么？"

事隔一年多，不知石湖公园的建设已经开始了没有？我相信，正像苏州—洞庭东山之间的公路一般，勤劳勇敢的苏州市的人民一定会把石湖公园建筑得异常漂亮，引人入胜，来迎接工农阶级的劳动模范的游览和休养的。

新 西 湖

周瘦鹃

一

西湖之美，很难用笔墨描写，也很难用言语形容；只苏东坡诗中"若把西湖比西子，淡妆浓抹总相宜"两句，差足尽其一二。我已十多年不到西湖了，前几年的某一个春季，忽然渴想西湖不已，竟见之于梦。记得明代张岱，因阔别西湖二十八载而作《西湖梦寻》一书，他说："西湖无日不入吾梦中，而梦中之西湖，未尝一日别余也。"我与有同感，因作《西湖梦寻》诗三十首。其第一首云："我是西湖旧宾客，春来那不梦西湖。十年未见西湖面，还问西湖忆我无？"其他二十九首，简直把西湖所有的名胜全都梦游到了。

西湖之美，虽说很难用笔墨描写，但是也有描写得好的，如宋代俞国宝《风入松》词和明代袁中郎《昭庆寺小记》，三十年前，我就是给这一词一文吸引到西湖去的。俞词云："一春常费买花钱。日日醉湖边。玉骢惯识西湖路；骄嘶过，沽酒楼前。红杏香中箫鼓，绿杨影里秋千。　　暖风十里丽人天。花压鬓云偏。画船载得春归去，余情付，湖水湖烟。明日重扶残醉，来寻陌上花钿。"袁记中有云："山色如蛾，花光似颊，温风如酒，波纹若绫，才一举头，已不觉目酣神醉，此时欲下一语不得，大约如东阿王梦中初遇洛神时也。"这一词一文，一写动而一写静，各极其美，端的是不负西湖。

一九五五年四月一日，因送章太炎先生的灵柩安葬于西湖南屏山下，总算和阔别了十多年的西湖重又见面了。当我信步走到湖边的时候，止不住哼着我所喜爱的一首赵秋舲的西湖曲："长桥长，断桥断，妾意深，郎情短。西湖湖水十分清，流出桃花波太软。"(调寄《花非花》)我一边哼，一边让两眼先来环游一下，觉得现在的西湖，已是一个新西湖了。环湖所有亭台楼阁，都是红红绿绿的焕然一新，虽觉这种鲜艳的色彩有些儿刺眼，然而非此似乎也不足以见其新啊。

我们一行六人，雇了一艘游艇泛湖去，预定作三小时之游，虽不住的下着雨，却并不减低我们的游兴，反以一游雨湖为乐，昔人不是说晴湖不如雨湖吗？

先到三潭印月，这里因为亭榭和建筑物较多，所以红绿照眼，更觉得触处皆新，惟有那三潭却还保持它们的旧貌；因此记起我的那首梦寻诗来："我是西湖旧宾客，每逢月夜梦三潭。记曾看月垂杨下，月色溶溶碧水涵。"料想月夜的三潭，一定是名副其实的。

不久我们又冒雨上了游艇，向西泠印社划去。四下里烟雨蒙蒙，南高峰、北高峰以及保俶塔等全都失了踪，湖面上倒像只有我们的一叶扁舟了。西泠印社大部分保持它旧有的风格，布置不俗；小龙泓一带可以望到阮公墩，是最可流连的所在。我最欣赏那边几株悬崖形的老梅树，铁干虬枝，苍古可喜，如果缩小了种在盆子里，加以剪裁，可作案头清供。可惜来迟了些，梅花都已谢了，只有一二株送春梅，还是红若胭脂，似与桃花争妍斗艳一般。山下有堂，陈列着十圆、集圆等几盆名兰，而以素心荷瓣的雪香素为最；春兰的花时已过，这几盆大概是硕果仅存的了。堂左有一片空地，搭架张白布幔，陈列春兰、蕙兰、建兰等千余盆，真是洋洋大观，见所未见；料知早一些来逢到春兰的全盛时期，定然幽香四溢，令人如入众香国咧。听说管领这许多兰花的，名诸友仁，是一位艺兰专家，已有数十年的经验。

二

西湖胜处太多了，来不及一一遍游，我们却看上了虎跑。第二天早上便冒雨向虎跑进发。一行七人，除了我夫妇二人外，有汪旭初、谢孝思、范烟桥诸君。一路上谈笑风生，逸情云上。虎跑的泉水清冽可爱，记得往年在这里品茗，曾用七八个铜子放在杯子里，水虽高出杯口，却并不外溢，足见水质之厚了。我们在泉畔喝龙井茶，津津有味，一连喝了好几杯，竟如牛饮。因为连日下雨，涧泉水涨，从乱石间倾泻而下，淘淘可听，下山时我就胡诌了一首打油诗："听水听风不费钱，杏花春雨自绵绵。狮峰龙井闲闲啜，一肚皮装虎跑泉。"

第二个胜处，我们就看上了苏堤。这一条苏堤起南迄北，横截湖中，为苏东坡守杭时所筑，中有六桥：一曰映波，二曰锁澜，三曰望山，四曰压堤，五曰东浦，六曰跨虹，全堤长约八里，夹堤都种桃、柳。苏堤春晓时，的是一片好景。

我们先从映波桥畔"花港观鱼"游起，现在已辟作杭州市公园，拓地二三百亩，布置得楚楚可观，一带用刺杉木作成的走廊和两座伸出湖滩的竹亭，朴雅可喜。有三株垂丝海棠，开得十分娇艳，此时此际，不须高烧银烛照红妆了。一个方形的池子里，红鱼无数，唼喋有声，我虽非鱼，也知鱼乐，在池边小立观赏，恰符花港观鱼之实。

踏上映波桥，见桥身已新修，栏作浅碧色，似是水泥所筑，柱头狮子雕刻很精，疑是旧制，后问邵裴子先生，才知六桥全是用安徽的茶园石建成，而雕刻也全是新的，这成绩实在太好了。我们边走边赏两面的湖光山色，并欣赏那夹堤拂水的一株株垂柳，真的如入山阴道上，令人目不暇接。

走过了第三条望山桥，便见面湖一座红色的小亭子里，立着一块"苏堤春晓"的碑，微闻杨柳丛中鸟声唧啾，活活的是春晓情景。远望刘庄，一带白墙黑瓦，还保持它旧有的风格，与湖山的景色很为调和。从第一桥到第五桥这一段，实在是苏堤最美的所在，碧水青山绿杨柳，一一奔凑眼底，美不胜收。我还是破题见第一遭走完这条苏堤，真觉得是一种莫大的享受，虽走了八里多路，也乐而忘倦。

走过了第六条跨虹桥，已与市廛接近，景色稍差。汪旭老在我们七人中年事最高，跟着我们走，欲罢不能；而烟桥又嚷起肚子饿来，说鼻子里好似闻到了酒香，要上楼外楼喝酒去。于是我的打油诗又来了："一条桥又一条桥，行尽苏堤第六桥。强步难为汪旭老，酒香馋煞范烟桥。"一阵子笑声，把我们送上了楼外楼。

三

"峰从何处飞来？泉自几时冷起？"这是前人对于飞来峰和冷泉的问句。当即有人答道："峰从飞处飞来，泉自冷时冷起。"答如不答，很为玄妙，给我三十年来留下了深刻的印象，不能忘怀；而对于这灵隐的两个名胜，也就起了特殊的好感。我的西湖梦寻诗中，曾有这么一首："我是西湖旧宾客，梦中灵隐任优游。冷泉已冷何须热，峰既飞来且小休。"于是我们在楼外楼醉饱之后，就向灵隐进发，大家虎虎有生气。

一下汽车，立刻赶到飞来峰一线天那里。峰石上绣满苔藓，经了雨，青翠欲滴。进洞后，仰望一线天，只如鹅眼钱那么大，微微地透着光亮，若隐若现。出了洞，沿着石壁转进，又进了几个洞，彼此通连，好像在一座大厦里，由前厅进后厅，由右厢进左厢一般。往年我似乎没有到过这里，据说一部分还是近二年挖去了淤塞的泥土而沟通的。这一带奇峰怪石，目不暇接。我和孝思俩边走边欣赏边赞叹，不肯放过一峰一石，觉得湖石所堆叠的假山，真是卑卑不足道。

对于飞来峰的评价，以明代张宗子和袁中郎两篇小记中所说的最为精当。张记有云："飞来峰棱层剔透，嵌空玲珑，是米颠袖中一块奇石，使有石癖者见之，必具袍笏下拜，不敢以称谓简亵，只以石丈呼之也。"袁记有云："湖上诸峰，当以飞来峰为第一，峰石踊数十丈，而苍翠玉立，渴虎奔蜺，不足为其怒也。神呼鬼立，不足为其怪也。秋水暮烟，不足为其色也。颠书吴画，不足为其变幻诘曲也。"二人对于飞来峰的倾倒，真的是情见乎词。袁又有《戏题飞来峰》诗二首："试问飞来峰，未飞在何处？人世多少尘，何事飞不去？高古而鲜妍，扬班不能赋。""白玉簇其颠，青莲借其色。惟有虚空心，一片描不得。平生梅道人，丹青如不识。"高古而鲜妍，自是飞来峰的评，无怪扬班不能赋，梅道人描不得了。峰峦尽处，有一大片竹林，在雨中更见青翠，真有万竿烟雨之妙。我们走到中间，流连了好一会，竹翠四匝，衣袂也似乎染绿了。

走过红红绿绿的春淙亭，直向冷泉亭赶去，那泉水淘淘之声，早在欢迎我们。我在泉边大石上坐了下来，看那一匹白练，从无数乱石之间夺路下泻，沸喊作声。古人曾说："此水声带金石，已先作歌舞声矣。"比喻更为隽妙。唐代白乐天对冷泉也有很高的评价，他说："山树为盖，岩谷为屏，云从栋出，水与阶平，坐而玩之，可濯足于床下，卧而狎之，可垂钓于枕上。潺湲洁澈，甘粹柔滑，眼目之*，心舌之垢，不待盥涤，见辄除去。"① 我在这里坐了半小时，真觉得俗尘万斛，全都涤尽了，因口占一绝句："桃花恹恹春寂寂，风风雨雨做清明。何如笠屐来灵隐，领略幽泉泻玉声。"

① 引文出自《冷泉亭记》，与原文稍有出入。

翠湖心影

汪曾祺

有一个姑娘，牙长得好。有人问她：

"姑娘，你多大了？"

"十七。"

"住在哪里？"

"翠湖西。"

"爱吃什么？"

"辣子鸡。"

过了两天，姑娘摔了一跤，磕掉了门牙。有人问她：

"姑娘多大了？"

"十五。"

"住在哪里？"

"翠湖。"

"爱吃什么？"

"麻婆豆腐。"

这是我在四十四年前听到的一个笑话。当时觉得很无聊（是在一个座谈会上听一个本地才子说的）。现在想起来觉得很亲切。因为它让我想起翠湖。

昆明和翠湖分不开，很多城市都有湖。杭州西湖、济南大明湖、扬州瘦西湖。然而这些湖和城的关系都还不是那样密切。似乎把这些湖挪开，城市也还是城市。翠湖可不能挪开。没有翠湖，昆明就不成其为昆明了。翠湖在城里，而且几乎就挨着市中心。城中有湖，这在中国，在世界上，都是不多的。说某某湖是某某城的眼睛，这是一个俗得不能再俗的比喻了。然而说到翠湖，这个比喻还是躲不开。只能说：翠湖是昆明的眼睛。有什么办法呢，因为它非常贴切。

翠湖是一片湖，同时也是一条路。城中有湖，并不妨碍交通。湖之中，有一条很整齐的贯通南北的大路。从文林街、先生坡、府甬道，到华山南路、正义路，这是一条直达的捷径。——否则就要走翠湖东路或翠湖西路，那就绕远多了。昆明人特意来游翠湖的也有，不多。多数人只是从这里穿过。翠湖中游人少而行人多。但是行人到了翠湖，也就成了游人了。从喧嚣扰攘的闹市和刻板枯燥的机关里，匆匆忙忙地走过来，一进了翠湖，即刻就会觉得浑身轻松下来；生活的重压、柴米油盐、委屈烦恼，就会冲淡一些。人们不知不觉地放慢了脚步，甚至可以停下来，在路边的石凳上坐一坐，抽一支烟，四边看看。即使仍在匆忙地赶路，人在湖光树影中，精神也很不一样了。翠湖每天每日，给了昆明人多少浮世的安慰和精神的疗养啊。因此，昆明人——包括外来的游子，对翠湖充满感激。

翠湖这个名字起得好！湖不大，也不小，正合适。小了，不够一游；太大了，游起来怪累。湖的周围和湖中都有堤。堤边密密地栽着树。树都很高大。主要的是垂柳。"秋尽江南草未凋"，昆明的树好像到了冬天也还是绿的。尤其是雨季，翠湖的柳树真是绿得好像要滴下来。湖水极清。我的印象里翠湖似没有蚊子。夏天的夜晚，我们在湖中漫步或在堤边浅草中坐卧，好像都没有被蚊子咬过。湖水常年盈满。我在昆明住了七年，没有看见过翠湖干得见了底。偶尔接连下了几天大雨，湖水涨了，湖中的大路也被淹没，不能通过了。但这样的时候很少。翠湖的水不深。浅处没膝，深处也不过齐腰。因此没有人到这里来自杀。我们有一个广东籍的同学，因为失恋，曾投过翠湖。但是他下湖在水里走了一截，又爬上来了。因为他大概还不太想死，而且翠湖里也淹不死人。翠湖不种荷花，但是有许多水浮莲。肥厚碧绿的猪耳状的叶子，开着一望无际的粉紫色的蝶形的花，很热闹。我是在翠湖才认识这种水生植物的。我以后也再也没看到过这样大片大片的水浮莲。湖中多红鱼，很大，都有一尺多长。这些鱼已经习惯于人声脚步，见人不惊，整天只是安安静静地，悠然地浮沉游动着。有时夜晚从湖中大路上过，会忽然拨刺一声，从湖心跃起一条极大的大鱼，吓你一跳。湖水、柳树、粉紫色的水浮莲、红鱼，共同组成一个印象：翠。

一九三九年的夏天，我到昆明来考大学，寄住在青莲街的同济中学的宿舍里，几乎每天都要到翠湖。学校已经发了榜，还没有开学，我们除了骑马到黑龙潭、金殿，坐船到大观楼，就是到翠湖图书馆去看书。这是我这一生去过次数最多的一个图书馆，也是印象极佳的一个图书馆。图书馆不大，形制有一点像一个道观。非常安静整洁。有一个侧院，院里种了好多盆白茶花。这些白茶花有时整天没有一个人来看它，就只是安安静静地欣然地开着。图书馆的管理员是一个妙人。他没有准确的上下班时间。有时我们去得早了，他还没有来，门没有开，我们就在外面等着。他来了，谁也不理，开了门，走进阅览室，把壁上一个不走的挂钟的时针"喀拉拉"一拨，拨到八点，这就上班了，开始借书。这个图书馆的藏书室在楼上。楼板上挖出一个长方形的洞，从洞里用绳子吊下一个长方形的木盘。借书人开好借书单——管理员把借书单叫作"飞子"，昆明人把一切不大的纸片都叫作"飞子"，买米的发票、包裹单、汽车票，都叫"飞子"——这位管理员看一看，放在木盘里，一拽旁边的铃铛，"嘟嘟"，木盘就从洞里吊上去了。——上面大概有个滑车。不一会儿，上面拽一下铃铛，木盘又系了下来，你要的书来了。这种古老而有趣的借书手续我以后再也没有见过。这个小图书馆藏书似不少，而且有些善本。我们想看的书大都能够借到。过了两三个小时，这位干瘦而沉默的有点像陈老莲画出来的古典的图书管理员站起来，把壁上不走的挂钟的时针"喀拉拉"一拨，拨到十二点：下班！我们对他这种以意为之的计时方法完全没有意见。因为我们没有一定要看完的书，到这里来只是享受一点安静。我们的看书，是没有目的的，从《南诏国志》到福尔摩斯，逮着什么看什么。

翠湖图书馆现在还有么？这位图书管理员大概早已作古了。不知道为什么，我会常常想起他来，并和我所认识的几个孤独、贫穷而有点怪癖的小知识分子的印象掺和在一起，越来越鲜明。总有一天，这个人物的形象会出现在我的小说里的。

翠湖的好处是建筑物少。我最怕风景区挤满了亭台楼阁。除了翠湖图书馆，有一簇洋房，是法国人开的翠湖饭店。这所饭店似乎是终年空着的。大门虽开着，但我从未见过有人进去，不论是中国人还是法国人。此外，大路之东，有几间黑瓦朱栏的平房，狭长的，按形制似应该叫作"轩"。也许里面是有一方题作什么轩的横匾的，但是我记不得了。也许根本没有。轩里有一阵曾有人卖过面点，大概因为生意不好，停歇了。轩内空荡荡的，没有桌椅。只在廊下有一个卖"糠虾"的老婆婆。"糠虾"是只有皮壳没有肉的小虾。晒干了，卖给游人喂鱼。花极少的钱，便可从老婆婆手里买半碗，一把一把撒在水里，一尺多长的红鱼就很兴奋地游过来，抢食水面的糠虾，嗻喋有声。糠虾喂完，人鱼俱散，轩中又是空荡荡的，剩下老婆婆一个人寂然地坐在那里。

路东伸进湖水，有一个半岛。半岛上有一个两层的楼阁。阁上是个茶馆。茶馆的地势很好，四面有窗，入目都是湖水。夏天，在阁子上喝茶，很凉快。这家茶馆，夏天，是到了晚上还卖茶的（昆明的茶馆都是这样，收市很晚），我们有时会一直坐到十点多钟。茶馆卖盖碗茶，还卖炒葵花子、南瓜子、花生米，都装在一个白铁敲成的方碟子里。昆明的茶馆计账的方法有点特别：瓜子、花生，都是一个价钱，按碟算。喝完了茶，"收茶钱！"堂倌走过来，数一数碟子，就报出个钱数。我们的同学有时临窗饮茶，嗑完一碟瓜子，随手把铁皮碟往外一扔，"pia——"，碟子就落进了水里。堂倌算账，还是照碟算。这些堂倌们晚上清点时，自然会发现碟子少了，并且也一定会知道这些碟子上哪里去了。但是从来没有一次收茶钱时因此和顾客吵起来过；并且在提着大铜壶用"凤凰三点头"手法给客人续水时，也从不拿眼睛"贼"着客人。把瓜子碟扔进水里，自然是不大道德。不过堂倌不那么斤斤计较的风度却是很可佩服的。

除了到昆明图书馆看书，喝茶，我们更多的时候是到翠湖去"穷遛"。这"穷遛"有两层意思，一是不名一钱地遛，一是无穷无尽地遛。"园日涉以成趣"，我们遛翠湖没个够的时候。尤其是晚上，踏着斑驳的月光树影，可以在湖里一遛遛好几圈。一面走，一面海阔天空，高谈阔论。我们那时都是二十岁上下的人，似乎有很多话要说，可说，我们都说了些什么呢？我现在一句都记不得了！

我是一九四六年离开昆明的。一别翠湖，已经三十八年了，时间过得真快！

我是很想念翠湖的。

前几年，听说因为搞什么"建设"，挖断了水脉，翠湖没有水了。我听了，觉得怅然，而且，愤怒了。这是怎么搞的！谁搞的？翠湖会成了什么样子呢？那些树呢？那些水浮莲呢？那些鱼呢？

最近听说，翠湖又有水了，我高兴！我当然会想到这是三中全会带来的好处。这是拨乱反正。

但是我又听说，翠湖现在很热闹，经常举办"蛇展"什么的，我又有点担心。这又会成了什么样子呢？我不反对翠湖游人多，甚至可以有游艇，甚至可以设立摊篷卖破酥包子、焖鸡米线、冰激凌、雪糕，但是最好不要搞"蛇展"。我希望还我一个明爽安静的翠湖。我想这也是很多昆明人的希望。

一九八四年五月九日

第四辑

海

五月的青岛

老 舍

　　因为青岛的节气晚，所以樱花照例是在四月下旬才能盛开。樱花一开，青岛的风雾也挡不住草木的生长了。海棠，丁香，桃，梨，苹果，藤萝，杜鹃，都争着开放，墙角路边也都有了嫩绿的叶儿。五月的岛上，到处花香，一清早便听见卖花声。公园里自然无须说了，小蝴蝶花与桂竹香们都在绿草地上用它们的娇艳的颜色结成十字，或绣成儿团；那短短的绿树篱上也开着一层白花，似绿枝上挂了一层春雪。就是路上两旁的人家也少不得有些花草：围墙既矮，藤萝往往顺着墙把花穗儿悬在院外，散出一街的香气：那双樱，丁香，都能在墙外看到，双樱的明艳与丁香的素丽，真是足以使人眼明神爽。

　　山上有了绿色，嫩绿，所以把松柏们比得发黑了一些。谷中不但填满了绿色，而且颇有些野花，有一种似紫荆而色儿略略发蓝的，折来很好插瓶。

　　青岛的人怎能忘下海呢，不过，说也奇怪，五月的海就仿佛特别的绿，特别的可爱，也许是因为人们心里痛快吧？看一眼路旁的绿叶，再看一眼海，真的，这才明白了什么叫作"春深似海"。绿，鲜绿，浅绿，深绿，黄绿，灰绿，各种的绿色，连接着，交错着，变化着，波动着，一直绿到天边，绿到山脚，绿到渔帆的外边去。风不凉，浪不高，船缓缓的走，燕低低的飞，街上的花香与海上的咸味混到一处，荡漾在空中，水在面前，而绿意无限，可不是，春深似海！欢喜，要狂歌，要跳入水中去，可是只能默默无言，心好像飞到天边上那将将能看到的小岛上去，一闭眼仿佛还看见一些桃花。人面桃花相映红，必定是在那小岛上。

这时候，遇上风与雾便还须穿上棉衣，可是有一天忽然响晴，夹衣就正合适。但无论怎说吧，人们反正都放了心——不会大冷了，不会。妇女们最先知道这个，早早的就穿出利落的新装，而且决定不再脱下去。海岸上，微风吹动少女们的发与衣，何必再回到电影院中找那有画意的景儿呢！这里是初春浅夏的合响，风里带着春寒，而花草山水又似初夏，意在春而景如夏，姑娘们总先走一步，迎上前去，跟花们竞争一下，女性的伟大几乎不是颓废诗人所能明白的。

人似乎随着花草都复活了，学生们特别的忙：换制服，开动运会，到崂山丹山旅行，服劳役。本地的学生忙，别处的学生也来参观，几个，几十，几百，打着旗子来了，又成着队走开，男的，女的，先生，学生，都累得满头是汗，而仍不住的向那大海丢眼。学生以外，该数小孩最快活，笨重的衣服脱去，可以到公园跑跑了；一冬天不见猴子了，现在又带着花生去喂猴子，看鹿。拾花瓣，在草地上打滚；妈妈说了，过几天还有大红樱桃吃呢！

马车都新油饰过，马虽依然清瘦，而车辆体面了许多，好做一夏天的买卖呀。新油过的马车穿过街心，那专做夏天的生意的咖啡馆，酒馆，旅社，饮冰室，也找来油漆匠，扫去灰尘，油饰一新。油漆匠在交手上忙，路旁也增多了由各处来的舞女。预备呀，忙碌呀，都红着眼等着那避暑的外国战舰与各处的阔人。多咱浴场上有了人影与小艇，生意便比花草还茂盛呀。到那时候，青岛几乎不属于青岛的人了，谁的钱多谁更威风，汽车的眼是不会看山水的。

　　那么，且让我们自己尽量的欣赏五月的青岛吧！

海行杂记

朱自清

这回从北京南归，在天津搭了通州轮船，便是去年曾被盗劫的。盗劫的事，似乎已很渺茫；所怕者船上的肮脏，实在令人不堪耳。这是英国公司的船；这样的肮脏似乎尽够玷污了英国国旗的颜色。但英国人说：这有什么呢？船原是给中国人乘的，肮脏是中国人的自由，英国人管得着！英国人要乘船，会去坐在大菜间里，那边看看是什么样子？那边，官舱以下的中国客人是不许上去的，所以就好了。是的，这不怪同船的几个朋友要骂这只船是"帝国主义"的船了。"帝国主义的船"！我们到底受了些什么"压迫"呢？有的，有的！

我现在且说茶房吧。

我若有常常恨着的人，那一定是宁波的茶房了。他们的地盘，一是轮船，二是旅馆。他们的团结，是宗法社会而兼梁山泊式的；所以未可轻侮，正和别的"宁波帮"一样。他们的职务本是照料旅客；但事实正好相反，旅客从他们得着的只是侮辱，恫吓，与欺骗罢了。中国原有"行路难"之叹，那是因交通不便的缘故；但在现在便利的交通之下，即老于行旅的人，也还时时发出这种叹声，这又为什么呢？茶房与码头工人之艰于应付，我想比仅仅的交通不便，有时更显其"难"吧！所以从前的"行路难"是唯物的；现在的却是唯心的。这固然与社会的一般秩序及道德观念有多少关系，不能全由当事人负责任；但当事人的"性格恶"实也占着一个重要的地位的。

我是乘船既多，受侮不少，所以姑说轮船里的茶房。你去定舱位的时候，若遇着乘客不多，茶房也许会冷脸相迎；若乘客拥挤，你可就倒楣了。他们或者别转脸，不来理你；或者用一两句比刀子还尖的话，打发你走路——譬如说："等下趟吧。"他说得如此轻松，凭你急死了也不管。大约行旅的人总有些异常，脸上总有一副着急的神气。他们是以逸待劳的，乐得和你开开玩笑，所以一切反应总是懒懒的，冷冷的；你愈急，他们便愈乐了。他们于你也并无仇恨，只想玩弄玩弄，寻寻开心罢了，正和太太们玩弄叭儿狗一样。所以你记着：上船定舱位的时候，千万别先高声呼唤茶房。你不是急于要找他们说话么？但是他们先得训你一顿，虽然只是低低的自言自语："啥事体啦？哇啦哇啦的！"接着才响声说，"噢，来哉，啥事体啦？"你还得记着：你的话说得愈慢愈好，愈低愈好；不要太客气，也不要太不客气。这样你便是门槛里的人，便是内行；他们固然不见得欢迎你，但也不会玩弄你了。——只冷脸和你简单说话；要知道这已算承蒙青眼，应该受宠若惊的了。

定好了舱位，你下船是愈迟愈好；自然，不能过了开船的时候。最好开船前两小时或一小时到船上，那便显得你是一个有"涵养工夫"的，非急莘莘的"阿木林"可比了。而且茶房也得上岸去办他自己的事，去早了倒绊住了他；他虽然可托同伴代为招呼，但总之麻烦了。为了客人而麻烦，在他们是不值得，在客人是不必要；所以客人便只好受"阿木林"的待遇了。有时船于明早十时开行，你今晚十点上去，以为晚上总该合式了；但也不然。晚上他们要打牌，你去了足以扰乱他们的清兴；他们必也恨恨不平的。这其间有一种"分"，一种默喻的"规矩"，有一种"门槛经"，你得先做若干次"阿木林,"才能应付得"恰到好处"呢。

开船以后，你以为茶房闲了，不妨多呼唤几回。你若真这样做时，又该受教训了。茶房日里要谈天，料理私货；晚上要抽大烟，打牌，哪有闲工夫来伺候你！他们早上给你舀一盆脸水，日里给你开饭，饭后给你拧手巾；还有上船时给你摊开铺盖，下船时给你打起铺盖：好了，这已经多了，这已经够了。此外若有特别的事要他们做时，那只算是额外效劳。你得自己走出舱门，慢慢地叫着茶房，慢慢地和他说，他也会照你所说的做，而不加损害于你。最好是预先打听了两个茶房的名字，到这时候悠然叫着，那是更其有效的。但要叫得大方，仿佛很熟悉的样子，不可有一点讷讷。叫名字所以更其有效者，被叫者觉得你有意和他亲近（结果酒资不会少给），而别的茶房或竟以为你与这被叫者本是熟悉的，因而有了相当的敬意；所以你第二次第三次叫时，别人往往会帮着你叫的。但你也只能偶尔叫他们；若常常麻烦，他们将发见，你到底是"阿木林"而冒充内行，他们将立刻改变对你的态度了。至于有些人睡在铺上高声朗诵的叫着"茶房"的，那确似乎搭足了架子；在茶房眼中，其为"阿"字号无疑了。他们于是忿然的答应："啥事体啦？哇啦啦!"但走来倒也会走来的。你若再多叫两声,他们又会说:"啥事体啦?茶房当山歌唱!"除非你真麻木,或真生了气,你大概总不愿再叫他们了吧。

"子入太庙,每事问。"至今传为美谈。但你入轮船,最好每事不必问。茶房之怕麻烦,之懒惰,是他们的特征;你问他们,他们或说不晓得,或故意和你开开玩笑,好在他们对客人们,除行李外,一切是不负责任的。大概客人们最普遍的问题,"明天可以到吧?""下午可以到吧?"一类。他们或随便答复,或说,"慢慢来好罗,总会到的。"或简单的说,"早呢!"总是不得要领的居多。他们的话常常变化,使你不能确信;不确信自然不问了。他们所要的正是耳根清净呀。

茶房在轮船里,总是盘踞在所谓"大菜间"的吃饭间里。他们常常围着桌子闲谈,客人也可插进一两个去。但客人若是坐满了,使他们无处可坐,他们便恨恨了;若在晚上,他们老实不客气将电灯灭了,让你们暗中摸索去吧。所以这吃饭间里的桌子竟像他们专利的。当他们围桌而坐,有几个固然有话可谈;有几个却连话也没有,只默默坐着,或者在打牌。我似乎为他们觉着无聊,但他们也就这样过去了。他们的脸上充满了倦怠,嘲讽,麻木的气氛,仿佛下工夫练就了似的。最可怕的就是这满脸:所谓"然拒人于千里之外"者,便是这种脸了。晚上映着电灯光,多少遮过了那滞的颜色;他们也开始有了些生气。他们搭了铺抽大烟,或者拖开桌子打牌。他们抽了大烟,渐有笑语;他们打牌,往往通宵达旦——牌声,争论声充满那小小的"大菜间"里。客人们,尤其是抱了病,可睡不着了;但于他们有什么相干呢?活该你们洗耳恭听呀！他们也有不抽大烟，不打牌的，便搬出香烟画片来一张张细细赏玩：这却是"雅人深致"了。

我说过茶房的团结是宗法社会而兼梁山泊式的，但他们中间仍不免时有战氛。浓郁的战氛在船里是见不着的；船里所见，只是轻微淡远的罢了。"唯口出好兴戎"，茶房的口，似乎很值得注意。他们的口，一例是练得极其尖刻的；一面自然也是地方性使然。他们大约是"宁可输在腿上，不肯输在嘴上"。所以即使是同伴之间，往往因为一句有意的或无意的，不相干的话，动了真气，抢眉竖目的恨恨半天而已。这时脸上全失了平时冷静的颜色，而换上热烈的狰狞了。但也终于只是口头"恨恨"而已，真个拔拳来打，举脚来踢的，倒也似乎没有。语云"君子动口，小人动手"，茶房们虽有所争乎，殆仍不失为君子之道也。有人说，"这正是南方人之所以为南方人。"我想，这话也有理。茶房之于客人，虽也"不肯输在嘴上"，但全是玩弄的态度，动真气的似乎很少；而且你愈动真气，他倒愈可以玩弄你。这大约因为对于客人，是以他们的团体为靠山的；客人总是孤单的多，他们"倚众欺"起来，不怕你不就范的：所以用不着动真气。而且万一吃了客人的亏，那也必是许多同伴陪着他同吃的，不是一个人失了面了；又何必动真气呢？尅实说来，客人要他们动真气，还不够资格哪！至于他们同伴间的争执，那才是切身的利害，而且单枪匹马做去，毫无可恃的现成的力量；所以便是小题，也不得不大做了。

茶房若有向客人微笑的时候，那必是收酒资的几分钟了。酒资的数目照理虽无一定，但却有不成文的谱。你按着谱斟酌给与，虽也不能得着一声"谢谢"，但言语的压迫是不会来的了。你若给得太少，离谱太远，他们会始而嘲你，继而骂你，你还得加钱给他们；其实既受了骂，大可以不加的了，但事实上大多数受骂的客人，慑于他们的威势，总是加给他们的。加了以后，还得听许多唠叨才罢。有一回，和我同船的一个学生，本该给一元钱的酒资的，他只给了小洋四角。茶房狠狠力争，终不得要领，于是说："你好带回去做车钱吧！"将钱向铺上一撂，忿然而去。那学生后来终于添了一些钱重交给他；他这才默然拿走，面孔仍是板板的，若有所不屑然。——付了酒资，便该打铺盖了；这时仍是要慢慢来的，一急还是要受教训，虽然你已给过酒资了。铺盖打好以后，茶房的压迫才算是完了，你再预备受码头工人和旅馆茶房的压迫吧。

我原是声明了叙述通州轮船中事的，但却做了一首"诅茶房文"；在这里，我似乎有些自己矛盾。不，"天下老鸦一般黑，"我们若很谨慎的将这句话只用在各轮船里的宁波茶房身上，我想是不会悖谬的。所以我虽就一般立说，通州轮船的茶房却已包括在内；特别指明与否，是无关重要的。

一九二六年七月，白马湖

海南杂忆

茅　盾

我们到了那有名的"天涯海角"。

从前我有一个习惯：每逢游览名胜古迹，总得先找些线装书，读一读前人（当然大多数是文学家）对于这个地方的记载——题咏、游记等等。

后来从实践中我知道这不是一个好办法。

当我阅读前人的题咏或游记之时，确实很受感染，陶陶然有卧游之乐；但是一到现场，不免有点失望（即使不是大失所望），觉得前人的十分华瞻的诗词游记骗了我了。例如，在游桂林的七星岩以前，我从《桂林府志》里读到好几篇诗词以及骈四俪六的游记，可是一进了洞，才知道文人之笔之可畏——能化平凡为神奇。

这次游"天涯海角"，就没有按照老习惯，皇皇然作"思想上的准备"。

然而仍然有过主观上的想象。以为顾名思义，这个地方大概是一条陆地，突入海中，碧涛澎湃，前去无路。

但是错了。完全不是那么一回事。

所谓"天涯海角"就在公路旁边，相去二三十步。当然有海，就在岩石旁边，但未见其"角"。至于"天涯"，我想象得到千数百年前古人以此二字命名的理由，但是今天，人定胜天，这里的公路是环岛公路干线，直通那大，沿途经过的名胜，有盐场，铁矿等等；这哪里是"天涯"？

出乎我的意外，这个"海角"却有那么大块的奇拔的岩石；我们看到两座相偎相倚的高大岩石，浪打风吹，石面已颇光滑；两石之隙，大可容人，细沙铺地；数尺之外，碧浪轻轻扑打岩根。我们当时说笑话：可惜我们都老了，不然，一定要在这个石缝里坐下，谈半天情话。

然而这些怪石头，叫我想起题名为《儋耳山》的苏东坡的一首五言绝句：

突兀隘空虚，他山总不如。君看道旁石，尽是补天遗！

感慨寄托之深，直到最近五十年前，凡读此诗者，大概要同声浩叹。我翻阅过《道光琼州府志》，在"谪宦"目下，知谪宦始自唐代，凡十人，宋代亦十人；又在"流寓"目下，知道隋一人，唐十二人，宋亦十二人。明朝呢，谪宦及流寓共二十二人。这些人，不都是"补天遗"的"道旁石"么？当然，苏东坡写这首诗时，并没料到在他以后，被贬逐到这个岛上的宋代名臣，就有五个人是因为反对和议、力主抗金而获罪的，其中有大名震宇宙的李纲、赵鼎与胡铨。这些名臣，当宋南渡之际，却无缘"补天"，而被放逐到这"地陷东南"的海岛作"道旁石"。千载以下，真叫人读了苏东坡这首诗同声一叹！

经营海南岛，始于汉朝；我不敢替汉朝吹牛，乱说它曾经如何经营这颗南海的明珠。但是，即使汉朝把这个"大地有泉皆化酒，长林无树不摇钱"的宝岛只作为采珠之场，可是它到底也没有把它作为放逐罪人的地方。大概从唐朝开始，这块地方被皇帝看中了；可是，宋朝更甚于唐朝。宋太宗贬逐卢多逊至崖州的诏书，就有这样两句："特宽尽室之诛，止用投荒之典。"原来宋朝皇帝把放逐到海南岛视为仅比满门抄斩罪减一等，你看，他们把这个地方当作怎样的"险恶军州"。

只在人民掌握政权以后，海南岛才别是一番新天地。参观兴隆农场的时候，我又一次想起了历史上的这个海岛，又一次想起了苏东坡那首诗。兴隆农场是归国华侨经营的一个大农场。你如果想参观整个农场，坐汽车转一转，也得一天两天。以前这里没有的若干热带作物，如今都从千万里外来这里安家立业了。正像这里的工作人员，他们的祖辈或父辈万里投荒，为人作嫁，现在他们回到祖国的这个南海大岛，却不是"道旁石"，而是真正的补天手了！

我们的车子在一边是白浪滔天的大海、一边是万顷平畴的稻田之间的公路上，扬长而过。时令是农历岁底，北中国的农民此时正在准备屠苏酒，在暖屋里计算今年的收成，筹画着明年的夺粮大战吧？不光是北中国，长江两岸的农民此时也是刚结束一个战役，准备着第二个。但是，眼前，这里，海南，我们却看见一望平畴，新秧芊芊，嫩绿迎人。这真是奇观。

还看见公路两旁，长着一丛丛的小草，绵延不断。这些小草矮而丛生，开着绒球似的小白花，枝顶聚生如盖，累累似珍珠，远看去却又像一匹白练。

我忽然想起明朝正统年间王佐所写的一首五古《鸭脚粟》了。我问陪同我们的白光同志："这些就是鸭脚粟么？"

"不是！"她回答，"这叫飞机草，刚不久，路旁有鸭脚粟。"

真是新鲜，飞机草。寻根究底之后，这才知道飞机草也是到处都有，可作肥料。我问鸭脚粟今作何用，她说："喂牲畜。可是，还有比它好的饲料。"

我告诉她，明朝一个海南岛的诗人，写过一首诗歌颂这种鸭脚粟，因为那时候，老百姓把它当作粮食。这首诗说：

> 五谷皆养生，不可一日缺；谁知五谷外，又有养生物。茫茫大海南，落日孤凫没；岂有亿万足，垄亩生倏忽。初如凫足撑，渐见蛙眼突。又如散细珠，钗头横屈曲。

你看，描写鸭脚粟的形状，那么生动，难怪我印象很深，而且错认飞机草就是鸭脚粟了。但是诗人写诗不仅为了咏物，请看它下文的沉痛的句子：

> 三月方告饥，催租如雷动。小熟三月收，足以供迎送。八月又告饥，百谷青在垄。大熟八月登，持此以不恐。琼民百万家，菜色半贫病。每到饥月来，此物司其命。间阎饱饦饼，上下足酒浆；岂

独济其暂，亦可赡其常。

照这首诗看来，小大两熟，老百姓都不能自己享用哪怕是其中的一小部分，而经常借以维持生命的，是鸭脚粟。

然而王佐还有一首五古《天南星》：

　　君看天南星，处处入本草。夫何生南海，而能济饥饱。八月风飕飕，闾阎菜色忧，南星就根发，累累满筐收。

这就是说，"大熟八月登"以后，老百姓所得，尽被搜括以去，不但靠鸭脚粟过活，也还靠天南星。王佐在这首诗的结尾用下列这样"含泪微笑"式的两句：

　　海外此美产，中原知味不？

一九六三年五月十三日

海上的日出

巴 金

　　为了看日出，我常常早起。那时天还没有大亮，周围非常清静，船上只有机器的响声。天空还是一片浅蓝，颜色很浅。转眼间天边出现了一道红霞，慢慢地在扩大它的范围，加强它的亮光。我知道太阳要从天边升起来了，便不转眼地望着那里。

　　果然过了一会儿，在那个地方出现了太阳的小半边脸，红是真红，却没有亮光。太阳好像负着重荷似的一步一步、慢慢地努力上升，到了最后，终于冲破了云霞，完全跳出了海面，颜色红得非常可爱。一刹那间，这个深红的圆东西，忽然发出了夺目的亮光，射得人眼睛发痛，它旁边的云片也突然有了光彩。

　　有时太阳走进了云堆中，它的光线却从云层里射下来，直射到水面上。这时候要分辨出哪里是水，哪里是天，倒也不容易，因为我就只看见一片灿烂的亮光。

　　有时天边有黑云，而且云片很厚，太阳出来，人眼还看不见。然而太阳在黑云里放射的光芒，透过黑云的重围，替黑云镶了一道发光的金边。后来太阳才慢慢地冲出重围，出现在天空，甚至把黑云也染成了紫色或者红色。这时候光亮的不仅是太阳、云和海水，连我自己也成了光亮的了。

这不是很伟大的奇观么？

海上通信

郁达夫

晚秋的太阳，只留上一道金光，浮映在烟雾空蒙的西方海角。本来是黄色的海面被这夕照一烘，更加红艳得可怜了。从船尾望去，远远只见一排陆地的平岸，参差隐约的在那里对我点头。这一条陆地岸线之上，排列着许多一二寸长的桅樯细影，绝似画中的远草，依依有惜别的余情。

海上起了微波，一层一层的细浪，受了残阳的返照，一时光辉起来。飒飒的凉意逼入人的心脾。清淡的天空，好像是离人的泪眼，周围边上，只带着一道红圈。是薄寒浅冷的时候，是泣别伤离的日暮。扬子江头，数声风笛，我又上了天涯漂泊的轮船。

以我的性情而论，在这样的时候，正好陶醉在惜别的悲哀里，满满的享受一场 Sentimental sweetness。否则也应该自家制造一种可怜的情调，使我自家感到自家的风尘仆仆，一事无成。若上举两事办不到的时候，至少也应该看看海上的落日，享受享受那伟大的自然的烟景。但是这三种情怀，我一种也酿造不成，呆呆的立在醒醒杂乱的海轮中层的舱口，我的心里，只充满了一种愤恨，觉得坐也不是，立也不是，硬是想拿一把快刀，杀死几个人，才肯甘休。这愤恨的原因是在什么地方呢？一是因为上船的时候，海关上的一个下流的外国人，定要把我的书箱打开来检查，检查之后，并且想把我所崇拜的列宁的一册著作拿去。二是因为新开河口的一家卖票房，收了我头等舱的船钱，骗我入了二等的舱位。

啊啊，掠夺欺骗，原是人的本性，若能达观，也不合有这一番气愤，但是我的度量却狭小得同耶稣教的上帝一样，若受着不平，总不能忍气吞声的过去。我的女人曾对我说过几次，说这是我的致命伤，但是无论如何，我总改不过这个恶习惯来。

轮船愈行愈远了，两岸的风景，一步一步的荒凉起来了，天色垂暮了，我的怨愤，才渐渐的平了下去。

沫若呀，仿吾成均呀，我老实对你们说，自从你们下船之后，我一直到了现在，方想起你们三人的孤凄的影子来。啊啊，我们本来是反逆时代而生者，吃苦原是前生注定的。我此番北行，你们不要以为我是为寻快乐而去，我的前途风波正多得很呀！

天色暗下来了，我想起了家中在楼头凝望着我的女人，我想起了乳母怀中，在那里伊吾学语的孩子，我更想起了几位比我们还更苦的朋友，啊啊，大海的波涛，你若能这样的把我吞咽了下去，倒好省却我的一番苦恼。我愿意化成一堆春雪，躺在五月的阳光里，我愿意代替了落花，陷入污泥深处，我愿意背负了天下青年男女的肺痨恶疾，就在此处消灭了我的残生。

这些感伤的（Sentimental）咏叹，只能博得恶魔的一脸微笑，几个在资本家跟前俯伏的文人，或者要拿了我这篇文字，去佐他们的淫乐的金樽，我不说了，我不再写了，我等那一点西方海上的红云消尽的时候，且上舱里去喝一杯白兰地罢，这是日本人所说的 Yakezake！

十月五日七时书

昨天晚上，因为多喝了一杯白兰地，并且因为前夜在 F.E. 饭店里的一夜疲劳，还没有回复，所以一到床上就睡着了。我梦见了一个十五六的少女和我同舱，我硬要求她和我亲嘴的时候，她回复我说：

"你若要宝石，我可以给你 Rajah's diamond，

你若要王冠，我可以给你世上最大的国家，

但是这绯红的嘴唇，这未开的蔷薇花瓣，

我要保留着等世上最美的人来！"

我用了武力，捉住了她，结果竟做了一个"风月宝鉴"里的迷梦，所以今天头昏得很，什么也想不出来。但是与海天相对，终觉得无聊，我把佐藤春夫的一篇小说《被剪的花儿》读了。

在日本现代的小说家中，我所最崇拜的是佐藤春夫。他的小说，周作人君也曾译过几篇，但那几篇并不是他的最大的杰作。他的作品中的第一篇，当然要推他的出世作《病了的蔷薇》，即《田园的忧郁》了。其他如《指纹》《李太白》等，都是优美无比的作品。最近发表的小说集《太孤寂了》，我还不曾读过。依我看来，这一篇《被剪的花儿》，也

可说是他近来的最大的收获。书中描写主人公失恋的地方，真是无微不至，我每想学到他的地步，但是终于画虎不成。他在日本现代的作家中，并不十分流行。但是读者中间的一小部分，却是对他抱着十二分的好意。有一次何畏对我说：

"达夫！你在中国的地位，同佐藤在日本的地位一样。但是日本人能了解佐藤的清洁高傲，中国人却不能了解你，所以你想以作家立身是办不到的。"

惭愧惭愧！我何敢望佐藤春夫的肩背！但是在目下的中国，想以作家立身，非但干枯的我没有希望，即使 Victor Hugo, Charles Dickens, Gerhart Hauptmann 等来，也是无望的。

沫若！仿吾！我们都是笨人，我们弃康庄的大道不走，偏偏要寻到这一条荆棘丛生的死路上来。我们即使在半路上气绝身死，也同野狗的毙于道旁一样，却是我们自家寻得的苦恼，谁也不能来和我们表同情，谁也不能来收拾我们的遗骨的。啊啊！又成了牢骚了，"这是中国文人最丑的恶习，非绝灭它不可的地方"，我且收住不说了罢！

单调的海和天，单调的船和我，今日使我的精神萎缩得不堪。十二时中，足破这单调的现象，只有晚来海中的落日之景，我且搁住了笔，去看 The glorious sun—setting 罢！

十月六日日暮的时候

这一次的航海，真奇怪得很，一点儿风浪也没有，现在船已到了烟台了。烟台港同长崎门司那些港一些儿也没有分别，可惜我没有金钱和时间的余裕，否则上岸去住他一二星期，享受一番异乡的情调，倒也很有趣味。烟台的结晶处是东首临海的烟台山。在这座山上，有领事馆，有灯台，有别庄，正同长崎市外的那所检疫所的地点一样。沫若，你不是在去年的夏天有一首在检疫所作的诗么？我现在坐在船上，遥遥的望着这烟台的一带山市，也起了拿破仑在媛来娜岛上之感，啊啊，飘流人所见大抵略同，——我们不是英雄，我们且说飘流人罢！

山东是产苦力的地方，烟台是苦力的出口处。船一停锚，抢上来的凶猛的搭客，和售物的强人，真把我骇死，我足足在舱里躲了三个钟头，不敢出来。

到了日暮，船将起锚的时候，那些售物者方散退回去，我也出了舱，上船舷上来看落日。在海船里，除非有衣摆奈此的小说《默示录的四骑士》中所描写的那种同船者的恋爱事体外，另外实没有一件可以慰遣寂寥的事情，所以我这一次的通信里所写的也只是落日，Sun setting，Abend Roete，etc，etc。请你们不要笑我的重复！

我刚才说过，烟台港和门司长崎一样，是一条狭长的港市，环市的三面，都是浅浅的连山。东面是烟台山，一直西去，当太阳落下去的那一支山脉，不知道是什么名字。但是我想这一支山若要命名，要比"夕阳""落照"等更好的名字，怕没有了。

一带连山，本来有近远深浅的痕迹可以看得出来的，现在当这落照的中间，都只成了淡紫。市上的炊烟，也蒙蒙的起了，更使我想起故乡城市的日暮的景色来，因为我的故乡，也是依山带水，与这烟台市不相上下的呀！

日光没了，天上的红云也淡了下去。一阵凉风吹来，使人起了一种莫名其妙的哀感。我站在船舷上，看看烟台市中一点两点渐渐增加起来的灯火，看看甲板上几个落了伍急急忙忙赶回家去的卖物的土人，忽而索落索落的滴下了两粒眼泪来。我记得我女人有一次说，小孩子到了日暮，总要哭着寻他的娘抱，因为怕晚上没有睡觉的地方。这时候我的心里，大约也被这一种 Nost algia 笼罩住了罢，否则何以会这样的落寞！这样的伤感！这样的悲愁无着处呢！

这船今晚上是要离开烟台上天津去的，以后是在渤海里行路了。明天晚上可到天津。我这通信，打算一上天津就去投邮。愿你与婀娜和小孩全好，仿吾也好，成均也好，愿你们的精神能够振刷；啊啊，这样在勉励你们的我自家，精神正颓丧得很呀！我还要说什么！我还有说话的资格么！

十月七日晚八时烟台舱中

不知在什么时候，我记得你曾说过，沫若，你说："我们的拿起笔来要写，大约是已经成了习惯了，无论如何，我此后总不能绝对的废除笔墨的。"这一种冯妇之习，不但是你免不了，怕我也一样的罢。现在精神定了一定，我又想写了。

昨天船离了烟台，即起大风，船中的一班苦力，个个头上都淋成五色。这是什么理由呢？因为他们都是连绵席地而卧，所以你枕我的头，我枕你的脚。一人吐了，二人就吐，三人四人，传染过去。铤而走险，急不能择，他们要吐的时候就不问是人头人足，如长江大河的直泻下来。起初吐的是杂物，后来吐黄水，最后就赤化了。我在这一个大吐场里，心里虽则难受，但却没有效他们的颦，大约是曾经沧海的结果，也许是我已经把心肝呕尽，没有吐的材料了。

今天的落日，是在七十二沽的芦草上看的。几堆泥屋，一滩野草，野草里的鸡犬，泥屋前的穿红布衣服的女孩，便是今日的落照里的风景。

船靠岸的时候，已经是夜半了。二哥哥在埠头等我。半年不见，在青白的瓦斯光里他说我又瘦了许多。非关病酒，不是悲秋，我的瘦，却是杜甫之瘦，儒冠之害呀！

从清冷的长街上，在灰暗凉冷的空气里，把身体搬上这家旅店里之后，哥哥才把新总统明晚晋京的话，告诉我听。好一个魏武之子孙，几年来的大愿总算成就了，但是，但是只可怜了我们小百姓，有苦说不出来。听说上海又将打电报，抬菩萨，祭旗拜斗的大耍猴子戏。我希望那些有主张的大人先生，要干快干，不要虚张声势的说："来来来！干干干！"因为调子唱得高的时候，胡琴有脱板的危险，中国的没有真正革命起来的原因，大约是受的"发明电报者"之害哟！

几天不看报，倒觉得清净得很。明天一到北京，怕又不得不目睹那些中国特有的承平气象，我生在这样的一个太平时节，心里实在是怕看这些黄帝之子孙的文明制度了。

夜也深了，老车站的火车轮声，也渐渐的听不见了，这一间奇形怪状的旅舍里，也只充满了鼾声。窗外没有月亮，冷空气一阵一阵的来包围我赤裸裸的双脚。我虽则到了天津，心里依然是犹豫不定：

"究竟还是上北京去做流氓去呢？还是到故乡家里去做隐士？"

名义上自然是隐士好听，实际上终究是飘流有趣。等我来问一个诸葛神卦，再决定此后的行止吧！

敕敕敕，弟子郁，……

海燕

郑振铎

　　乌黑的一身羽毛，光滑漂亮，积伶积俐，加上一双剪刀似的尾巴，一对劲俊轻快的翅膀，凑成了那样可爱的活泼的一只小燕子。当春间二三月，轻飔微微地吹拂着，如毛的细雨无因的由天上洒落着，千条万条的柔柳，齐舒了它们的黄绿的眼，红的白的黄的花，绿的草，绿的树叶，皆如赶赴市集者似的奔聚而来，形成了烂漫无比的春天时，那些小燕子，那么伶俐可爱的小燕子，便也由南方飞来，加入了这个隽妙无比的春景的图画中，为春光平添了许多的生趣。小燕子带了它的双剪似的尾，在微风细雨中，或在阳光满地时，斜飞于旷亮无比的天空之上，唧的一声，已由这里稻田上，飞到了那边的高柳之下了。再几只却隽逸的在粼粼如縠纹的湖面横掠着，小燕子的剪尾或翼尖，偶沾了水面一下，那小圆晕便一圈一圈地荡漾开去。那边还有飞倦了的几对，闲散的憩息于纤细的电线上——嫩蓝的春天，几支木杆，几痕细线连于杆与杆间，线上停着几个粗而有致的小黑点，那便是燕子。那是多么有趣的一幅图画呀！还有一个个的快乐家庭，他们还特地为我们的小燕子备了一个两个小巢，放在厅梁的最高处，假如这家有了一个匾额，那匾后便是小燕子最好的安巢之所。第一年，小燕子来住了，第二年，我们的小燕子，就是去年的一对，它们还要来住。

"燕子归来寻旧垒。"

还是去年的主，还是去年的宾，他们宾主间是如何的融融泄泄呀！偶然的有几家，小燕子却不来光顾，那便很使主人忧戚，他们邀召不到那么隽逸的嘉宾，每以为自己运命的蹇劣呢。

这便是我们故乡的小燕子，可爱的活泼的小燕子，曾使几多的孩子们欢呼着，注意着，沉醉着，曾使几多的农人、市民们忧戚着，或舒怀的指点着，且曾平添了几多的春色，几多的生趣于我们的春天的小燕子！

如今，离家是几千里！离国是几千里！托身于浮宅之上，奔驰于万顷海涛之间，不料却见着我们的小燕子。

这小燕子，便是我们故乡的那一对，两对么？便是我们今春在故乡所见的那一对，两对么？

见了它们，游子们能不引起了，至少是轻烟似的，一缕两缕的乡愁么？

海水是皎洁无比的蔚蓝色，海波平稳得如春晨的西湖一样，偶有微风，只吹起了绝细绝细的千万个粼粼的小皱纹，这更使照晒于初夏之太阳光之下的、金光灿烂的水面显得温秀可喜。我没有见过那么美的海！天上也是皎洁无比的蔚蓝色，只有几片薄纱似的轻云，平贴于空中，就如一个女郎，穿了绝美的蓝色夏衣，而颈间却围绕了一段绝细绝轻的白纱巾。我没有见过那么美的天空！我们倚在青色的船栏上，默默地望着这绝美的海天；我们一点杂念也没有，我们是被沉醉了，我们是被带入晶莹的天空中了。

就在这时，我们的小燕子，二只，三只，四只，在海上出现了。它们仍是隽逸的从容的在海面上斜掠着，如在小湖面上一样；海水被它的似剪的尾与翼尖一打，也仍是连漾了好几圈圆晕。小小的燕子，浩莽的大海，飞着飞着，不会觉得倦么？不会遇着暴风疾雨么？我们真替它们担心呢！

小燕子却从容的憩着了。它们展开了双翼，身子一落，落在海面上了，双翼如浮圈似的支持着体重，活是一只乌黑的小水禽，在随波上下的浮着，又安闲，又舒适。海是它们那么安好的家，我们真是想不到。

在故乡，我们还会想象得到我们的小燕子是这样的一个海上英雄么？

海水仍是平贴无波，许多绝小绝小的海鱼，为我们的船所惊动，群向远处窜去；随了它们飞窜着，水面起了一条条的长痕，正如我们当孩子时之用瓦片打水漂在水面所划起的长痕。这小鱼是我们小燕子的粮食么？

小燕子在海面上斜掠着，浮憩着。它们果是我们故乡的小燕子么？

啊，乡愁呀，如轻烟似的乡愁呀！

听 潮

鲁 彦

一年夏天，我和妻坐着海轮，到了一个有名的岛上。

这里是佛国，全岛周围三十里内，除了七八家店铺以外，全是寺院。岛上没有旅店，每一个寺院都特设了许多房间给香客住宿。而到这里来的所谓香客，有很多是游览观光的，不全是真正烧香拜佛的香客。

我们就在一个比较幽静的寺院里选了一间房住下来。这是一间靠海湾的楼房，位置已经相当的好，还有一个露台突出在海上，朝晚可以领略海景，尽够欣幸了。

每天潮来的时候，听见海浪冲击岩石的音响，看见空际细雨似的，朝雾似的，暮烟似的飞沫升落；有时它带着腥气，带着咸味，一直冲进我们的窗棂，黏在我们的身上，润湿着房中的一切。

"现在这海就完全属于我们的了！"当天晚上，我们靠着露台的栏杆，赏鉴海景的时候，妻欢心地呼喊着说。

大海上一片静寂。在我们的脚下，波浪轻轻吻着岩石，像朦胧欲睡似的。在平静的深黯的海面上，月光辟开了一款狭长的明亮的云汀，闪闪地颤动着，银鳞一般。远处灯塔上的红光镶在黑暗的空间，像是一颗红玉。它和那海面的银光在我们面前揭开了海的神秘——那不是狂暴的不测的可怕的神秘，而是幽静的和平的愉悦的神秘。我们的脚下仿佛轻松起来，平静地，宽廓地，带着欣幸与希望，走上了那银光的路，朝向红玉的琼台走了去。

这时候，妻心中的喜悦正和我一样，我俩一句话都没有说。

海在我们脚下沉吟着，诗人一般。那声音仿佛是朦胧的月光和玫瑰的晨雾那样温柔；又像是情人的蜜语那样芳醇；低低地，轻轻地，像微风拂过琴弦；像落花飘零在水上。

海睡熟了。

大小的岛拥抱着，偎依着，也静静地恍惚入了梦乡。

星星在头上眨着慵懒的眼睑，也像要睡了。

许久许久，我俩也像入睡了似的，停止了一切的思念。

不晓得过了多少时候，远寺的钟声突然惊醒了海的酣梦，它恼怒似的激起波浪的兴奋，渐渐向我们脚下的岩石掀过来，发出汩汩的声音，像是谁在海底吐着气，海面的银光跟着晃动起来，银龙样的。接着我们脚下的岩石上就像铃子、铙钹、钟鼓在奏鸣着，而且声音愈响愈大起来。

没有风。海自己醒了，喘着气，转侧着，打着呵欠，伸着懒腰，抹着眼睛。因为岛屿挡住了它的转动，它狠狠地用脚踢着，用手推着，用牙咬着。它一刻比一刻兴奋，一刻比一刻用劲。岩石也仿佛渐渐战栗，发出抵抗的嗥叫，击碎了海的鳞甲，片片飞散。

海终于愤怒了。它咆哮着，猛烈地冲向岸边袭击过来，冲进了岩石的罅隙里，又拨剌着岩石的壁垒。

音响就越大了。战鼓声，金锣声，呐喊声，叫号声，啼哭声，马蹄声，车轮声，机翼声，掺杂在一起，像千军万马混战了起来。

银光消失了。海水疯狂地汹涌着，吞没了远近大小的岛屿。它从我们的脚下扑了过来，响雷般地怒吼着，一阵阵地将满含着血腥的浪花泼溅在我们的身上。

"彦，这里会塌了！"妻战栗起来叫着说，"我怕！"

"怕什么。这是伟大的乐章！海的美就在这里。"我说。

退潮的时候，我扶着她走近窗边，指着海说："一来一去，来的时候凶猛；去的时候又多么平静呵！一样的美。"

然而她怀疑我的话。她总觉得那是使她恐惧的。但为了我，她仍愿意陪着我住在这个危楼。

我喜欢海，溺爱着海，尤其是潮来的时候。因此即使是伴妻一道默坐在房里，从闭着的窗户内听着外面隐约的海潮音，也觉得满意，算是尽够欣幸了。

红海上的一幕

孙福熙

太阳做完了竟日普照的事业，在万物送别他的时候，他还显出十分的壮丽。他披上红袍，光耀万丈，云霞布阵，换起与主将一色的制服，听候号令。尽天所覆的大圆镜上，鼓起微波，远近同一节奏的轻舞，以歌颂他的功德，以惋惜他的离去。

景物忽然变动了，云霞移转，歌舞紧急，我战战兢兢的凝视，看宇宙间将有何种变化；太阳骤然躲入一块紫云后面了。海面失色，立即转为幽暗，彩云惊惧，屏足不敢喘息。金线万条，透射云际，使人领受最后的恩惠，然而他又出来了。他之藏匿是欲缓和人们在他去后的相思的。

我俯首看自己，见是照得满身光彩。正在欣幸而惭愧，回头看见我的背影，从船上投射海中，眼光跟了他过去，在无尽远处，窥见紫帏后的圆月，岂敢信他是我的影迎来的！

天生丽质，羞见人世，他启幕轻步而上；四顾静寂，不禁迟回。海如青绒的地毯，依微风的韵调而抑扬吟咏。薄霭是紫绢的背景，衬托皎月，愈显丰姿。青云侍侧，桃花覆顶，在这时候，他预备他灵感一切的事业了。

我渐渐的仰头上去，看红云渐淡而渐青，经过天中，沿弧线而下，青天渐淡而渐红，太阳就在这红云的中间，月与日正在船的左右，而我们是向正南进行——海行九天以来，至现在始辨方向。

我很勇壮，因为我饱餐一切色彩；我很清醒，因为我畅饮一切光辉。我为我的朋友们喜悦：他们所瞩望的我在这富有壮丽与优秀的大宇宙中了！

水面上的一点日影渐与太阳的圆球相接而相合，迎之而去了，太阳不想留恋，谁也不能挽留；空虚的舞台上惟留光明的小云，在可羡的布景前闪烁，听满场的鼓掌。

月亮是何等的圆润啊，远胜珠玉。他已高升，而且已远比初出时明亮了。他照临我，投射我的影子到无尽远处，追上太阳。月光是太阳的返照，然而他自有风格，绝不与太阳同德性。凉风经过他的旁边，裙钗摇曳，而他的目光愈是清澈了。他柔抚万物，以灵魂分给他们，使各各自然的知道填入诗句，合奏他新成的曲调。此时唯有皎洁，唯有凉爽，从气中，从水上，缥缈宇内。这是安慰，这是休息。这样的直至太阳再来时，再开始大家的工作。